karo ♦ weihnachtskrimis – band 4 ...

Bibliografische Information der Deutschen Nationalbibliothek
Die Deutsche Nationalbibliothek verzeichnet diese Publikation
in der Deutschen Nationalbibliografie; detaillierte bibliografische
Daten sind im Internet unter www.dnb.d-nb.de abrufbar.
KaroKrimiPreis 2011
LIEBER GUTER WEIHNACHTSMANN, SCHAU MICH NICHT SO BÖSE AN
karo ♦ weihnachtskrimis, band 4

im Verlag Josefine Rosalski, Berlin
www.edition-karo.de

Umschlaggestaltung: tiff.any GmbH, Berlin
Fotos: © thongsee, © Yantra und © Carola Schubbel,
© Fotolia.com
Druck u. Verarbeitung:
Verlagsservice Niederland GmbH, Frankfurt/Main
Gedruckt in Deutschland
ISBN 978-3-937881-10-2

KaroKrimiPreis 2011

Lieber guter Weihnachtsmann, schau mich nicht so böse an

Berliner Weihnachtskrimis

edition ♦ karo
Berlin 2011

Inhalt

Vorwort

Vor Ihnen liegt der vierte Band dieser Reihe mit 14 neuen, teils preisgekrönten Weihnachtskrimis.

Auf kenntnisreichen Spuren entführen Sie die Autorinnen und Autoren in mörderische Ecken und Winkel Berlins: Zu rätselhaften Frauenmorden im WINTERGARTEN VARIETE, und zu einem skurrilen und vergesslichen alten Herrn im GRUNEWALD; es geht um die geheimnisvolle Bekehrung eines Weihnachtshassers, um einen Schlitzer in Berlin FRIEDRICHSHAIN und vieles mehr.

Der romantisch schneebedeckte Weg wird überraschend zur halsbrecherischen Sackgasse, und glänzend herausgeputzte Weihnachtswohnungen werden zu aufregenden Kampfplätzen familiären Zorns.

Für alle Freunde der geschmückten Bäume und alle Liebhaber hinterhältiger Missetaten bietet unser 4. Band mit Berliner Weihnachtskrimis die einzigartige Möglichkeit, sich durch die dunklen Seiten des festlich geschmückten Berlins zu lesen, um auch zur Weihnachtszeit wohlige Gänsehaut und ideenreiche Spannung zu genießen.

Ihre Josefine Rosalski

1. PREIS

SANDRA ROSZEWSKI

Blutperlen

Für Marie

Theodor Berger sprang aus der Straßenbahn und hastete, den Hut tief ins Gesicht gezogen, über den Potsdamer Platz. Das Gewusel von Fuhrwerken, Autobussen und Menschen machte es ihm schwer, voranzukommen. Mehr als einmal lief er Gefahr, auf dem eisigen Untergrund auszurutschen und lang hinzuschlagen.

„Verfluchtes Weihnachten!“ Er drängte sich zwischen einigen Kindern hindurch, die mit großen Augen und offenen Mündern vor einem ausladenden Schaufenster standen. „Als wäre die Stadt nicht schon überfüllt genug!“

Der Himmel gab weiche, pudrige Schneeflocken frei und hüllte das weihnachtlich funkelnde Berlin des Jahres 1923 in helle Kristalle.

Theodor Berger konnte Weihnachten nicht leiden. Es war jedes Jahr dasselbe: Kaum hatte er seinen Weihnachtsurlaub vor der Polizeidirektion durchgeboxt und den ganzen unleidlichen Papierkram erledigt, um dem Dienst für einige erholsame Tage den Rücken zu kehren, fand man garantiert irgendwo in seinem Berliner Gebiet eine Leiche. Berger verzog die Mundwinkel. Wenn es nicht so traurig wäre, dann hätte ihn die Tatsache, dass es ihm dieses Jahr wieder so ergangen war, zum Lachen gereizt. Doch momentan war ihm absolut nicht zum Lachen zumute. Er vergrub die Hände in den Taschen seines dunklen Mantels und schlug den Weg zum Tiergarten ein. Eisig pfiff der Dezemberwind um die Häuserecken und schien in den letzten Tagen des Jahres noch einmal mit aller Gewalt seine Macht demonstrieren zu wollen.

Der Tiergarten aber lag wie mit Puderzucker überzogen da, eine stille Oase im hektischen Trubel der Stadt. Am See schließlich erreichte Berger den abgesperrten Tatort. Seine Kollegen, Doktor Hegmanns und Lichtenberg, waren bereits da. Hinter ihnen untersuchte Obmüller, der zuständige Arzt, einen halb abgedeckten Körper. Theodor Berger sah zwei lange Frauenbeine in zerrissenen Seidenstrümpfen unter einem weißen Laken hervorschauen. Seine Miene verfinsterte sich. Triebtäter verbreiteten sich zu einer wahren Plage. Er wandte sich an die Kollegen.

„Also, was gibt's?"

„Theo, wirklich, tut mir leid, dass wir dich rufen mussten, schon wieder, ich meine, wo du doch Urlaub hast." Lichtenbergs Gesicht wirkte noch zerknirschter und faltiger, als es ohnehin immer schon war, und Doktor Hegmanns zuckte zur Begleitung nur hilflos mit den kantigen Schultern.

„Was gibt es?" Ihm stand der Sinn nicht nach langen Plaudereien. Die ganze unrühmliche Angelegenheit gehörte schnellstens vom eisigen Tiergarten ins warme Büro verlegt.

Doktor Hegmanns zückte seinen Notizblock.

„Die Leiche ist eine junge Frau. Keine Papiere, dafür haben wir eine Theaterkarte bei ihr gefunden. Todeszeitpunkt wahrscheinlich in den frühen Morgenstunden."

Berger runzelte die Stirn. Keine Papiere. Wunderbar. Ohne ein weiteres Wort trat er an die Leiche heran. Obmüller blickte von seiner Untersuchung auf.

„Theodor, schön dich zu sehen. Wird doch langsam zu einer netten Tradition, wir alle hier, an Weihnachten."

„Ja, zauberhaft", entgegnete Berger, ohne die Miene zu verziehen. „Ich finde es auch wundervoll, deine glockenklare Engelsstimme zu hören." Er musterte die Leiche. „Todesursache?"

Obmüller zog das Laken zurück und Berger konnte einen Blick auf das Opfer werfen. Den Hals der jungen Frau zierten dunkle Hämatome.

Obmüller deutete auf die Perlenkette, die neben der Frau im Schnee lag.

„Sie wurde erwürgt, wahrscheinlich mit ihrer eigenen Kette. Man muss zugeben, exzellent verarbeitet, jede schlechtere wäre wohl bei derart viel Zug gerissen."

„Sie wird sich wohl kaum zu der Qualitätsware gratulieren, schätze ich", murmelte Berger und hockte sich neben die Leiche. Die junge Frau war höchstens 20 Jahre alt. Irritierend hob sich das Tiefrot der geschminkten Lippen gegen das kalkweiße Gesicht ab. Die dunkel verschatteten Augen blickten ins Leere. Das schwarze Seidenkleid war, wie die Strümpfe, zerrissen. Es musste einen heftigen Kampf gegeben haben. Berger spürte ein Zucken in seinem Kopf wie ein Blitz. Er wandte sich ab und atmete tief durch. Seit einiger Zeit verkraftete er es nicht mehr gut, an Tatorten zu sein. Immer öfter wurde er die Bilder im Kopf nicht mehr los. Bilder von erwürgten, erdolchten, geschändeten Frauenkörpern, die wie Puppen dalagen und erst nachts in seinen Träumen wieder zum Leben erwachten. Dann hallten ihre Schreie durch das Dunkel und jeder Schatten wurde zu einem kichernden, sich davon stehlenden Täter, dem niemand Herr werden konnte.

Wie aus weiter Ferne hörte er die Worte seines Kollegen Karl Lichtenberg. „Genau das Gleiche wie im letzten Jahr und im Jahr davor. Immer an Weihnachten, immer junge Frauen, immer erdrosselt mit der eigenen Perlenkette. Wenn das die Presse erfährt, geht es rund!"

Theodor Berger spürte eine heftige Übelkeit in sich aufsteigen und klammerte sich haltsuchend an einen Baumstamm.

„Berger?" Obmüller packte den Kommissar am Arm. „Alles in Ordnung?"

Berger fuhr sich über die kaltschweißige Stirn, schluckte einige Male und nickte dann. „Ja, es ist nichts. Ich muss mir den Magen verdorben haben. Christstollen, Weihnachtspunsch, du kennst das sicher. Einfach zu viel."

Obmüller nickte schweigend, doch seine Miene zeigte deutlich, dass er seinem Kollegen kein Wort glaubte.

„Bringt mir doch bitte den Bericht später ins Büro." Leicht taumelnd, aber unter den kritischen Blicken der Kollegen, mit immer fester werdenden Schritten, machte Berger sich auf den Weg zurück zur U-Bahnstation Potsdamer Platz. Er musste ins Präsidium. Es wartete jede Menge Arbeit auf ihn.

*

„Das ist jetzt nicht dein Ernst!" Martas ansonsten wohlklingende Stimme wurde so schrill, dass Berger sich beeilte, den Telefonhörer ein Stück von seinem Ohr wegzuhalten.

„Schatz, es tut mir leid, was soll ich tun, ich …"

„Es ist Weihnachten!"

„Ich weiß."

„Das dritte Weihnachten in Folge, an dem du arbeitest!"

„Ja, ich weiß."

„Dann weißt du ja vielleicht auch, wie ich das den Kindern erklären soll? Sie haben sich auf den Abend gefreut. Der

Baum ist geschmückt, die Gans im Ofen, und jetzt rufst du an und sagst einfach so, dass es heute wieder nicht geht?“

Theodor Berger zuckte hilflos mit den Achseln und seufzte. „Ich weiß.“

Einen Moment lang war nur das Atmen am anderen Ende der Leitung zu hören. Dann ein Klacken und die Leitung war unterbrochen.

„Marta?“ Noch während Berger den Namen seiner Frau aussprach, wusste er, dass es vergeblich war. „Marta? Marta bitte!“ Sie hatte aufgelegt.

Wie in Zeitlupe ließ Kommissar Berger den Telefonhörer auf die Gabel zurücksinken. Na wunderbar. Es gab eine unbekannte Leiche ohne Papiere, einen Triebtäter, der jedes Jahr wieder an Weihnachten zuschlug und ihnen so das Leben zur Hölle machte - und nun obendrein noch einen Familienkrieg. Berger wusste, dass Marta sich so schnell nicht wieder beruhigen würde.

„Kauf ihr doch ’ne hübsche Perlenkette“, sagte Lichtenberg, als dieser etwas später den Bericht vorbeibrachte und von dem häuslichen Dilemma erfuhr. Berger zog eine Augenbraue hoch. „Sehr witzig, Lichtenberg, wirklich.“

Lichtenberg zuckte ungerührt mit den Schultern und widmete sich dann der Auswertung des Berichtes.

„Tatsächlich, alles wie im letzten Jahr. Unbekannte junge Frau, gut gekleidet, offensichtlich nicht unvermögend, erdrosselt nach einem Theaterbesuch.“

Berger runzelte die Stirn, lehnte sich im Stuhl zurück und überkreuzte die Arme. „Die letzte Ermordete war zuvor auch im Theater? Sind Sie sicher?“

Lichtenberg zog einige Bilder und ausführliche Berichte aus einem braunen Papierumschlag. „Ganz sicher. Hier ist der Fall vom letzten Jahr und hier", er schob einen weiteren Umschlag zu Berger hinüber, „der von Weihnachten 1921. Wenn man sich die Fotografien ansieht, könnte man wirklich meinen, es handele sich immer um die gleiche Frau. Und alle waren vor dem Mord im Theater." Lichtenberg schüttelte den Kopf. „Verrückt, vollkommen verrückt."

Berger betrachtete die Bilder der drei jungen Frauen, die sich tatsächlich stark ähnelten. Dunkler Bubikopf, gepflegtes Äußeres, teure Kleidung, Perlenkette. Perlenkette ... Bergers Blick wanderte zu den immer gleichen Hämatomen am Hals der Frauen. Dann schob er mit einer raschen Bewegung die Fotos von sich weg und griff stattdessen nach dem Theaterticket. „War schon jemand im Theater und hat gefragt, ob die Frau dort gesehen wurde?"

Lichtenberg schüttelte bedächtig den Kopf. „Nein Chef. Wir könnten jetzt sofort jemanden losschicken. Aber vielleicht möchten Sie das in diesem Jahr gern selbst übernehmen?"

Theodor Berger runzelte missmutig die Stirn. „Wieso sollte ich das tun wollen? Kann das nicht einer von euch machen? Ging doch in den letzten Jahren auch. Ich bin nicht wild darauf, bei der Kälte draußen herumzustiefeln."

Lichtenberg kreuzte die Arme vor der Brust. „Na ja, es ist das Wintergartentheater. Bei der Gelegenheit könnten Sie doch vielleicht Karten für die Silvestervorstellung besorgen und Ihre Frau überraschen? Ich denke, das dürfte sie gnädig stimmen. Die Vorstellung soll grandios sein."

Über Bergers Gesicht glitt ein ungläubiges Staunen, dann schlug er mit der flachen Hand auf den Tisch. „Lichtenberg, Sie sind mit Gold nicht aufzuwiegen! Warum bin ich da nicht selbst drauf gekommen? Das wird den Haussegen retten, ganz sicher." Er raffte Hut und Mantel zusammen, nickte seinem breit grinsenden Kollegen noch einmal zu und eilte aus dem Büro.

Schon als Berger das Wintergarten-Varieté betrat, beschlich ihn ein seltsames Gefühl. Mehrmals drehte er sich um, weil er sich beobachtet fühlte. Doch da war niemand. Das Foyer lag leer und ruhig im Halbdunkel. Es irritierte ihn, wie gut er trotz der schlechten Beleuchtung seinen Weg fand, denn er war noch nie hier gewesen. Seit Jahren lag Marta ihm in den Ohren, dass sie gern mit ihm zusammen in eine Vorstellung gehen wollte, doch Theater waren nichts für Berger. Bisher hatte er sich erfolgreich gedrückt. Doch nun, angesichts der bedrängenden Sachlage, würde er wohl um die Silvestervorstellung tatsächlich nicht mehr herumkommen.

Zielstrebig durchschritt er die Halle und fand problemlos das kleine Kartenhäuschen, in dem eine gelangweilte junge Frau sich die Fingernägel feilte.

„Kann ick Ihnen helfen?“ Sie sah Berger nicht einmal an.

„Ja, wertes Fräulein, das können Sie tatsächlich! Ich brauche Karten für die Silvestervorstellung. Zwei, bitte.“

Das Mädchen sah auf und ein erfreutes Lächeln huschte über ihr blasses Gesicht. „Herr Mantey! Wie schön, Sie so bald schon bei uns wiederzusehen! Immer noch geschäftlich in der Stadt, ja?“

Theodor Berger zuckte zusammen. „Wie bitte?“

Das Lächeln des Mädchens wurde breiter. „Sie müssen sich nicht genieren. Ich verrate niemandem, dass Sie lieber im Revuetheater sind, anstatt über Geschäftsverträgen zu brüten.“ Sie lachte leise.

Berger beschloss, dass es sich um eine Verwechslung handeln musste. Vielleicht war das Mädchen einfach verrückt, oder es hatte ein schlechtes Gedächtnis für Gesichter. Es gab viele Möglichkeiten. Er schluckte das ungute Gefühl, dass das Mädchen ihn tatsächlich nicht zum ersten Mal sah, hinunter.

„Sie haben Glück, es sind noch wunderbare Logenplätze zu haben“, sagte das Mädchen eifrig, „von dort haben Sie einen hervorragenden Blick.“

Berger warf einen Blick auf die aushängende Preisliste und runzelte die Stirn. „Und sonst? Gibt es auch noch Plätze, die etwas weniger extravagant sind?“

„Bedaure, leider nein.“ Das Mädchen zuckte mit den Schultern und musterte Berger irritiert. „Sie nehmen doch immer die Logenplätze?“

Berger stöhnte innerlich auf und beschloss, dem Spiel ein Ende zu bereiten. Er zückte den Ausweis und gab sich als Kommissar der Berliner Polizei zu erkennen.

„Verzeihen Sie bitte, es muss sich hier um eine Verwechslung handeln. Mein Name ist nicht Mantey. Ich war noch nie in diesem Theater. Aber ich möchte nun mit meiner Frau gemeinsam in die Vorstellung zum Jahreswechsel. Gibt es wirklich keine günstigeren Plätze mehr?“

Durch das Mädchen an der Kasse ging ein Ruck. Ihr Blick glitt zwischen dem Ausweis, den Berger ihr hinhielt, und dem Gesicht des Kommissars hin und her. Sie schien sichtlich irritiert zu sein.

„Nein, Herr Mantey, ich meine Herr … Sie sind spät dran, die Vorstellung für Silvester ist so gut wie ausverkauft.“

Berger zückte seufzend das Portemonnaie. „Gut, dann zwei Karten. Loge. Bitte.“

Er zählte das Geld ab und reichte es der jungen Frau durch den Spalt in der Glasscheibe hindurch. Sie schob ihm zwei Theaterkarten zu. „Ich bin sicher, Ihre Begleitung wird sich sehr über die Einladung freuen und Ihre Mühe zu schätzen wissen."

„Das will ich hoffen." Während Berger die Theaterkarten sorgfältig in seiner Mantelinnentasche verstaute, blitzte für einen Moment Martas Gesicht vor ihm auf. Wenn sie ihm nur wieder gut war. Er hasste es, sich mit ihr zu streiten.

Dann fiel ihm ein, dass er ja noch aus einem anderen Grund hier war. Er kramte in seinem Mantel nach dem Foto der Ermordeten aus dem Tiergarten und hielt es an die Glasscheibe. „Noch etwas bitte: Kennen Sie diese Frau?"

Mit einem leisen Aufschrei führte das Mädchen die Hand zum Mund. Sie taumelte zwei Schritte zurück und ihr Gesicht verlor das letzte bisschen Farbe. Sie starrte das Foto an, dann Berger, der wartend vor der Kabine stand, und dann wieder das Foto. Urplötzlich kam etwas Hektisches in ihre Züge.

„Also, was jetzt, kennen Sie die Frau?", hakte Berger nach.

Die Kartenverkäuferin rang nach Worten und schüttelte dann heftig den Kopf. „Ich muss jetzt schließen!"

Ohne Bergers Erwiderung abzuwarten, ließ sie rasselnd die Rollläden herab. Dumpfes Türenschlagen erklang, dann war es still.

„Hallo? Fräulein?" Berger klopfte vorsichtig an die Scheibe, doch alles blieb ruhig. Das Mädchen schien durch die Tür ins Theaterinnere verschwunden zu sein.

„Merkwürdig", brummte Berger und stopfte das Foto in seine Manteltasche zurück. „Lässt mich einfach hier stehen." Er blickte sich nochmals im Foyer um, doch es lag wie zuvor verlassen im Halbdunkel. Kein Ansprechpartner weit und breit. Berger zuckte die Schultern und beschloss, gegen Abend wiederzukommen. Vielleicht würde er dann jemanden antreffen, der etwas weniger verrückt war als diese Kartenverkäuferin.

Berger verließ das Theater und blieb unschlüssig auf der Straße stehen. Wenn er ehrlich war, verspürte er wenig Lust, ins Präsidium zurückzukehren. Aber was blieb ihm übrig? Und vielleicht hatten Hegmanns oder Lichtenberg inzwischen irgendetwas herausgefunden. Er zündete sich eine Zigarette an, um noch ein wenig Zeit zu überbrücken, bevor es wieder an die Arbeit ging. Und plötzlich war da wieder dieses merkwürdige Gefühl im Nacken. Er fühlte sich beobachtet. Berger wirbelte herum und erhaschte einen Blick auf eines der Fenster des Wintergartenvarietés. Der Vorhang wurde in Windeseile zugezogen, doch Berger schien es, als hätte er die schemenhaften Gesichter einiger junger Frauen hinter der Scheibe gesehen. Verdutzt stand er einen Moment wie angewurzelt. Berger wusste, er war aus den besten Jahren heraus. Es passierte nicht ständig, dass junge Frauen ihm aus Fenstern hinterher spionierten.

Der Kommissar schüttelte den Kopf und setzte sich in Bewegung. Unvermittelt setzte Schneefall ein und schon nach kurzer Zeit war sein Mantel über und über mit weißen Flocken bedeckt. Vor einer Litfasssäule blieb er stehen und wischte sich leise fluchend den Schnee vom Ärmel. Das Schneegestöber war so dicht, dass man kaum die Hand vor Augen sah. „Verfluchtes Weihnachten!"

Mitten in der Bewegung erstarrte Berger. Sein Blick heftete sich an ein Plakat, das direkt vor ihm an der Säule hing. Es zeigte die junge Frau, die man am Morgen ermordet im Tiergarten gefunden hatte. Auf dem Plakat stand sie als Tänzerin auf einer Revuebühne und lächelte strahlend. Wie in Trance las Berger den Text: „Melissa Alvers, der Star am Revuehimmel. Jetzt im Wintergarten!"

Irgendetwas in Bergers Hirn überschlug sich. Blitzhaft tauchten Bilder vor ihm auf, die junge Frau, ihr Lachen, er neben ihr, die weite Berliner Winternacht im Tiergarten …

Berger keuchte und suchte Halt an einem Mauervorsprung. Er fühlte etwas Hartes zwischen den Fingern und gewahrte eine Perlenkette in seiner Hand. Ungläubig schloss er die Augen. „Das kann doch nicht …"

Stunden schienen vergangen zu sein, als ein heftiges Zupfen ihn in die Realität auf der Straße zurückbrachte. Inzwischen war es vollkommen dunkel. Ein kleiner Junge mit triefender Rotznase stand vor ihm und zerrte unermüdlich an Bergers Mantel.

„He du, alles in Ordnung?" Die klaren blauen Augen sahen ihn mit einer Mischung aus Neugier, Besorgnis und Angst an.

Berger brauchte einen Augenblick, um ins Hier und Jetzt zurückzufinden. Er blickte auf seine Hand. Die Perlenkette war fort. Er schüttelte den Jungen ab und wandte sich um. „Alles in Ordnung."

Auf dem Weg zurück ins Präsidium schienen die Straßen immer länger zu werden. Und am Ende jeder Straße wartete wieder nur eine neue Straße. Berger stolperte von Kreuzung zu Kreuzung, während das Schneegestöber dichter wurde. Passanten starrten ihn an. Starke Übelkeit stieg in Berger auf und er rang nach Luft. Auf unerklärlichem Weg erreichte er das Brandenburger Tor, das wie ein drohender Wächter die Straße überschattete. Taumelnd blieb der Kommissar stehen. Die Welt drehte sich. Jemand riss ihm den Hut vom Kopf. Berger blickte auf. Es war die Kartenverkäuferin. Sie und die Tänzerinnen aus dem ‚Wintergarten-Varieté' umkreisten ihn. Theodor Bergers Herz raste. Die Augen der umstehenden Frauen wurden riesengroß, Blicke durchbohrten ihn. Eine der Tänzerinnen hob den

Arm und deutete mit dem Zeigefinder auf ihn. Berger erkannte entsetzt die Tote aus dem Tiergarten. Ihr Blick war leer und kalt.

Berger wirbelte herum und ergriff die Flucht. In seinem Kopf hallten Stimmen, Musik und Schreie wild durcheinander. Wie aus dem Nichts baute sich Obmüller im weißen Kittel vor ihm auf und packte ihn am Mantel. „Wir werden deinen Kopf aufbohren müssen“, sagte er finster, warf dann den Kopf zurück und brach in schallendes Gelächter aus.

Theodor Berger versuchte verzweifelt sich loszureißen, er strampelte, sein Herz raste, doch vergeblich, er fiel und fiel.

„Theo? Theo! Wach auf!“

Mit einem heftigen Ruck schreckte Berger aus dem Schlaf auf. Er brauchte einen Moment, um sich zu orientieren. Das Laken seines Bettes war schweißnass. Vor dem Fenster hatte sich die Dämmerung über die Stadt gesenkt und noch immer fielen unentwegt dicke, weiße Flocken aus dem Himmel über Berlin. Berger fasste sich an die Stirn, nur langsam kam Klarheit in seine Gedanken. Es war Weihnachten. Und er, Berger, war zu Hause.

Im Türrahmen lehnte Marta. Ihre Miene war finster. „Telefon für dich!“

Mit diesen Worten drehte sie sich um und verschwand wieder in der Küche. Der Duft nach Festtagsgans und Bratäpfeln wehte Berger in die Nase. Telefon. Telefon?

Hastig schlug er die Decke zurück, schwang sich aus dem Bett und schlüpfte in Hose und Hemd. Dann eilte er zum Telefon. „Ja bitte?“

„Obmüller hier“, quäkte die Stimme des Polizeiarztes aus dem Lautsprecher. Für einen winzigen Moment war Berger versucht, den Hörer einfach auf die Gabel fallen zu lassen und so zu tun, als hätte es diesen Anruf nie gegeben. Seine Finger krallten sich um das gedrehte Kabel.

„Was gibt's?“ Bergers Stimme klang so matt und resigniert, dass Obmüller am anderen Ende der Leitung laut auflachte.

„Wir wollten dir eigentlich nur mitteilen, dass Weihnachten ist. Und wir haben in diesem Jahr doch tatsächlich weit und breit keine Leiche. Du kannst also deinen wohlverdienten Urlaub genießen.“ Im Hintergrund erklang das unterdrückte Gekicher der Kollegen, die an diesem Heiligabend in der Wache Dienst hatten. Berger schloss kurz die Augen und atmete durch. Dann schob sich ein breites Grinsen über sein Gesicht. „Ein Sauhaufen seid ihr, verstanden! Schöne Weihnachten!“

„Ein schönes Fest, Herr Kommissar“, gluckste Obmüller und legte auf.

Sacht ließ auch Berger den Hörer auf die Gabel zurück sinken und lehnte sich mit dem Rücken gegen die Wand. Er ließ seinen Blick aus dem Fenster wandern. Die hellen Schneeflocken tanzten im Licht der Gaslaternen und hoben sich deutlich gegen das Blauschwarz des städtischen Himmels ab. In der Küche ertönte heftiges Geschirrklappern und holte Berger aus seinen Gedanken. Er stieß sich von der Wand ab und ging den Flur hinunter zur Küche. Sacht knarrte der Dielenboden unter seinen nackten Füßen. Marta sah auf, als er die Küchentür öffnete. Ihr Blick war eine Mischung aus Skepsis, Vorahnung und unterdrücktem Zorn.

„Und, was wollte dein Kollege? Ist wieder etwas passiert?“

Berger vernahm das leise Zittern in ihrer Stimme und lehnte sich locker gegen den Türrahmen.

„Er wollte nur sagen, das alles in Ordnung ist. Es gab noch keinen Weihnachtsmord in diesem Jahr.“ Einen Moment lang war es vollkommen still. Bergers Blick glitt über Martas neue Frisur, einen kurzen, dunklen Bubikopf. Sie hatte sich schon für die Feier umgezogen. Das elegante Seidenkleid fiel locker um ihre Hüfte und der weite Ausschnitt betonte ihren schmalen, weißen Hals. Ein Blitz zuckte durch Bergers Kopf und er lächelte kalt. Wie in Zeitlupe griff er in seine Hosentasche und zog langsam eine lange Perlenkette hervor. „Frohe Weihnachten, mein Engel …“

2. PREIS

REGINE RÖDER-ENSIKAT

Gier

„Süßer die Glocken nie klingen, als zu der Weihnachtszeit", von klaren, hellen Knabenstimmen gesungen, locken Uwe Pfeifer an das Wohnzimmerfenster seiner Altbauwohnung. Von hier aus hat er einen wunderbaren Ausblick auf den Gendarmenmarkt. Er liebt die geschichtsträchtige Kulisse, von der schon Goethe schwärmte und in Knüttelversen pries: „Prophete links, Prophete rechts, das Weltkind in der Mitten". Pfeifer sieht das Schauspielhaus, eingerahmt vom Französischen und vom Deutschen Dom. Er liebt diesen Platz, diese Gegend, auch unter einem kulinarischen Aspekt. Für ihn, den Viel- und Gutesser ein märchenhaftes Umfeld. Im Café Möhring frühstückt er und lässt sich oft nach einem langen Arbeitstag im Restaurant Lutter und Wegener mit Köstlichkeiten der internationalen Küche und deliziösen Weinen verwöhnen.

Alle Jahre wieder wird unter seinem Fenster der schönste Weihnachtsmarkt der Stadt aufgebaut. Düfte von Zimt, Anis, Glühwein und gebrannten Mandeln füllen die Luft und schweben zu ihm hinauf in den dritten Stock seiner Wohnung und locken ihn täglich in das Schlaraffenland. Schwedische Elchsteaks, französische Spezialitäten wie Crêpes, Käse und Trüffel, auch holländische Puffertjes, Nürnberger Lebkuchen und Bratwürste aus deutschen Landen kostet er dann und genießt.

Ganz bewusst hat Uwe Pfeifer sich jetzt, in der Adventszeit, für eine Abmagerungskur entschieden. Zu genau kennt er seine Schwächen. Er muss seiner Völlerei entfliehen, denn er ist dick, sehr dick und felsenfest entschlossen abzunehmen. Ein schwerer Entschluss, wie er aus Erfahrung weiß, denn schon viele Male haben qualvolle Diäten nie das gewünschte Ergebnis gebracht. Sie endeten immer so, dass er, meist ein umgänglich heiterer Junggeselle, in tiefe Depressionen fiel.

Für eine Diät in den eigenen vier Wänden ist die Vorweihnachtszeit so gar nicht geeignet, aber in diesem Jahr will er seine Genußsucht bändigen.

Er hat sich eine Klinik im Berliner Bezirk Zehlendorf ausgesucht. Hier wird nach dem Motto „Schlank macht glücklich" eine ganzheitliche Behandlung angeboten, eine Erfolg versprechende Lösung seiner Probleme: Heilfasten mit Säften und Kräutertees, Gymnastik und Massagen, ein vielseitiges Programm.

In einer Villa am kleinen Wannsee, umgeben von einem Park mit alten Buchen und Kiefern, die bis zum Wasser reichen, weitab von den vielen Weihnachtsmärkten, hungert er nun seit einer Woche nach der dürftigen Gemüse- und Säftekur von Frau Doktor Elisabeth Schönstett.

Der anstrengende Aufenthalt wird ihm durch Genüsse besonderer Art jedoch verschönert und erleichtert. Vom Fenster seines Zimmers hat er Ausblick in ein Reihenhäuschen, das der Klinik gegenüber liegt, in dem ein junges, hübsches Wesen in einer Küche herumläuft. Der Anblick entzückt ihn, denn trotz Novemberkälte ist die Frau immer leicht bekleidet. Sie ist vollschlank und rotgoldene Haare umspielen ihr Gesicht wie eine Abendhimmelwolke.

Uwe Pfeifer beginnt sich für sie lebhaft zu interessieren.

Er hat sich einen Feldstecher besorgt, um einen besseren Einblick zu haben.

Hungrig sitzt er in der anwendungsfreien Zeit am Fenster seines Zimmers und beobachtet die junge Frau bei ihren häuslichen Verrichtungen. Dabei vertieft er sich auch in die bunten Etikettenaufschriften der Konserven, die ihm verführerisch ins Auge stechen. Nachts träumt er von der Nachbarin. Sie füttert ihn mit deftigem Sauerkraut und Schweinskrustenbraten, und zum Nachtisch steckt sie ihm kleine Kuchen in den Mund. Als er erwacht und zum Frühsport gerufen wird, gerät sein seelisches Gleichgewicht mächtig ins Wanken.

Er richtet das Vergrößerungsglas auf das Haus gegenüber.

Die junge Frau aus seinem Traum sitzt bereits bei einem üppigen Frühstück.

Ein Klopfen an seiner Zimmertür schreckt ihn auf. Eine Schwester meldet den Besuch der Klinikleiterin an. Das verheißt nichts Gutes. Und so ist es dann auch. Frau Doktor Schönstett, eine superschlanke Vierzigerin mit gebirgsbachkalten Augen, die ihn böse anblitzen, tritt ein. „Was ist das?" Sie weiß natürlich selbst, was sie da auf den Tisch geschleudert hat.

„Keine Ahnung, noch nie gesehen", antwortet er mit unschuldiger Miene.

Die Ärztin antwortet scharf: „Das ist eine Tafel Schokolade – Vollmilch – Traube – Nuss! Ich habe sie in der Deckelvase im Speisesaal entdeckt", zischt sie. „Ihnen ist doch bekannt, dass ich Sie ermahnen muss. Der Verzehr von Schokolade ist während der Fastenkur verboten."

Pfeifer lächelt überlegen. „Diese Vase ist für jedermann frei zugänglich."

Frau Doktor entgegnet kopfschüttelnd: „Das weiß ich. Dieses Argument benutzen alle, die sich dort ein Nahrungsdepot einrichten."

Pfeifer ist geschockt, er hat verstanden. „Diese blöde Vase ist eine gemeine Falle. Unschuldige Patienten, die vor Hunger fast umkommen, nicht aus und ein wissen, werden durch sie verführt."

„Wenn ich Sie daran erinnern darf, sind Sie doch freiwillig hier und können, wenn Sie sich nicht an die Hausordnung halten, die Klinik sofort verlassen, bitte schön."

Pfeifer knirscht mit den Zähnen. Er hat verloren. Frau Doktor Schönstett mustert ihn noch einige Sekunden und verlässt mit einem resignierten Seufzer das Zimmer.

Vorbei sind nun die Nächte, als er die erbärmlich dünne Brühe-Diät mit Schokolade etwas erträglicher gemacht hatte. Es blieb der quälende Hunger und noch drei Wochen liegen vor ihm. Er braucht jetzt seine ganze Kraft, um nicht wieder in eine depressive Stimmung zu verfallen. Natürlich will er abnehmen, wer will denn schon zwei Zentner wiegen. Aber doch nicht so radikal und unmenschlich.

Alles was ihm nun bleibt, ist die dralle Nachbarin. Pfeifer greift wieder zum Feldstecher und sieht, wie sie an einem Hühnerschenkel kaut und sich genüsslich alle zehn Finger ableckt. Ihm wird ganz flau, doch dann hat er eine Idee.

Das Häuschen der Nachbarin grenzt an den rückwärtigen Teil des Klinikgartens, der mit majestätischen Buchen und einer dichten Haselnusshecke bewachsen ist. In dieser Hecke ist ein Durchgang, den er ja schon für seine Beobachtungen nutzt. Diese Lücke will er noch besser nutzen und einen persönlichen Besuch vorbereiten. Im Park schlendert er, wie in Gedanken versunken, unter den Buchen auf und ab und beobachtet die Fenster der Klinik. Keiner der Patienten scheint sein Spannerhobby zu teilen. Brav gehen wohl alle zu ihren zehrenden Anwendungen. Der erste Frost lässt die Blätter unter seinen Füßen knacken.

Uwe Pfeifer schlüpft durch die Hecke und überquert eine kopfsteingepflasterte Straße. Der Wind lässt Plastikbecher und Papiertüten um seine Beine tanzen, dann steht er vor dem Reihenhäuschen. Das Küchenfenster, durch das er so oft gespäht hat, liegt wenige Meter vor ihm. Sein Mut verlässt ihn. Was wird geschehen, wenn die schöne Nachbarin ihn für einen Einbrecher hält?

Der Zufall kommt ihm zu Hilfe. Eine Windböe schleudert einen trockenen Ast mit einem lauten Krachen gegen das Küchenfenster. Die junge Frau kommt erschreckt aus dem Haus gelaufen.

„Nur keine Aufregung“, ruft er und schwingt seine Fülle über den niedrigen Gartenzaun, wobei seine Gelenke bedenklich knirschen. Behände, wie ein Gummiball, hüpft er durch den kleinen Vorgarten und zerrt den Ast in Richtung eines Komposthaufens. Die Frau sieht seinem Treiben zu und versucht ihre Bluse über die Schenkel zu ziehen. Pfeifer lächelt verbindlich, reicht ihr seine Hand und stellt sich vor.

„Pia Vogel“, erwidert sie verwirrt.

„Es wird gleich zu schneien beginnen, ziehen sie sich lieber etwas über.“

Dankbar nimmt sie diesen Rat an, eilt ins Haus. Mit einem dicken Wollpullover und einem Schlabberrock kommt sie zurück und streckt die Hand nach dem Ast aus, den Pfeifer noch immer umklammert.

„Wenn Sie eine Säge haben, mache ich ihn schnell klein.

„Mein Mann wird im Werkzeugkasten vermutlich eine haben. Ich schau mal nach.“

Was, ein Mann? Seit fast einer Woche nimmt er am Leben der Pia Vogel teil und hat noch nie ein männliches Wesen gesehen. Sich auf einen Herrn Vogel einzustellen, damit hat er nicht gerechnet.

Pia Vogel reicht ihm einen Fuchsschwanz.

Pfeifer bückt sich und beginnt den Ast zu zersägen.

„So, das hätten wir“, ruft er, nachdem er ihn in kamingerechte Stücke zerlegt hat. Mühsam richtet er sich wieder auf und unterdrückt ein Stöhnen. Die ungewohnte Anstrengung hat ihm den Schweiß auf die Stirn getrieben. Er räuspert sich.

„Wenn Sie vielleicht ein Glas Wasser hätten?“

Pia steht betreten neben ihm, weiß nicht so recht, was sie mit dem fremden Helfer anfangen soll. Pfeifer geht aufs Ganze.

„Wissen Sie, eine Tasse Tee wäre schön bei diesem Wetter.

„Ich wollte mir gerade einen Earl Grey aufgießen.“

„Prächtig, dann mache ich ja keine Umstände.“

Kurz darauf sitzt Pfeifer an dem gedeckten Küchentisch, den er so viele Male sehnsüchtig beobachtet hat.

Pia Vogel öffnet eine Keksdose, deren bunten Aufdruck er bereits kennt, und zaubert aus dem Küchenschrank weiß bepuderte Windbeutel.

Uwe Pfeifer fühlt sich so wohl wie lange nicht und ist endlich wieder mit sich und der Welt versöhnt. Er lässt die Köstlichkei-ten auf der Zunge zergehen und verdreht vor Wonne die Augen.

„Ganz vorzüglich“, sagt er zu seiner Gastgeberin, die ihn freundlich mustert. Während er sich die zweite Tasse Tee eingießen lässt, ermahnt er sich zu einer Plauderei, denn oft ist er unfähig, ganz zwanglos ein Gespräch zu beginnen. Was soll er sagen oder fragen. Er hofft, dass ihm etwas einfällt, und dann hat er wieder eine Idee. „Einen schönen Garten haben Sie. Man sieht das auch bei diesem Novemberwetter, wenn die Natur vor dem Winter zu schlafen beginnt.“

Und dann, als wäre der letzte Satz von Uwe Pfeifer ein ‚Sesam-öffne-dich‘ gewesen, beginnt Pia Vogel zu reden. Sie spricht von der Arbeit, die ein noch so kleiner Garten macht. Er hätte es ja selbst erlebt, denn Äste würden bei jedem Windstoß von den alten Bäumen geweht. Sie erzählt von Besuchern, die sie am Tag der ‚Offenen Berliner Gärten' begrüßen konnte, auch von ihrer Kindheit auf einem Bauernhof bei Lübars, von Nachbarn und von Hunden, die überall hinpinkeln, und streunenden Katzen, die ihr die Vögel vertreiben.

Pfeifer genießt es. Eine Antwort wird nicht erwartet. So kann er sich ganz ungeniert dem Genuss der verbotenen Nürnberger Lebkuchen hingeben und lauscht versonnen ihrem Redefluss. Ihr berlinischer Akzent hat etwas Vertrautes.

Jäh schreckt er auf, als ein Kuckuck krächzend aus einer Uhr hervorschnellt und sechsmal seinen Ruf ertönen lässt.

18.00 Uhr! Zu dieser Zeit wird in der Klinik die sehr übersichtliche Mahlzeit serviert.

„Wir haben uns verplaudert. Ob ich wohl morgen wiederkommen darf?"

„Gern", gibt sie ohne Zögern zur Antwort. Pfeifer verabschiedet sich, wählt wieder den Weg über die Straße durch die Hecke und schleicht, nun in der Dunkelheit, zurück in die Klinik.

Am folgenden Tag steht er pünktlich um 16.00 Uhr vor Pia Vogels Haus. Von seinem Frühstückstisch hat er das kleine Tannengesteck mitgenommen.

„Wie hübsch", sagt sie.

Der Tisch, diesmal im Wohnzimmer, ist schon gedeckt. Es gibt Kaffee, dazu einen guten Cognac und Uwe Pfeifer weiß es schon, er hat die Nachbarin am Vormittag beobachtet, Apfelkuchen mit Sahne. Pia Vogel schenkt Kaffee ein, setzt sich ihm gegenüber und schweigt. Wieder überlegt Pfeifer krampfhaft, was er sie fragen kann.

„Vermissen Sie eigentlich den Bauernhof und die Tiere mit denen Sie aufgewachsen sind?“

Mit dieser Frage hat er ins Schwarze getroffen. Sie lehnt sich in ihrem Sessel zurück, lässt ihren Blick in die Ferne schweifen, und beginnt zu erzählen. Pfeifer lauscht ihren Erinnerungen, für ihn eine melodiöse Tischmusik, die seine Mahlzeit, später serviert sie ihm noch gefüllte Schinkenröllchen mit Melonenstücken und Käse, dezent begleitet.

Wieder meldet der krächzende Kuckuck die Stunde des Klinikabendbrotes. Wie selbstverständlich verabschiedet er sich diesmal mit den Worten: „Dann bis morgen.“

Am nächsten Tag kann er es kaum erwarten, denn er hat Pia Vogel wieder beobachtet, hat gesehen, wie sie für ihn kocht. Sie ist ein Geschenk des Himmels. Seine Pfunde scheinen sie nicht zu stören, im Gegenteil, sie ist dabei, sie zu vermehren. In seinem Hungermartyrium erscheint sie ihm als eine Fee mit einem übergroßen Füllhorn.

„Ich habe eine Überraschung für Sie“, begrüßt Pia ihn geheimnisvoll. „Sie können sie erriechen.“

Pfeifer, der kein Spielverderber sein will, zieht geräuschvoll die Kochdüfte durch die Nase ein und stellt sich unwissend.

„Gulasch?“, fragt er, obwohl er den saftigen Braten schon vor der Linse gehabt hat.

„Fast richtig, und was gibt es dazu?“

„Vielleicht Pilze?“

Pia Vogel klatscht in die Hände. „Sie sind ein Feinschmecker!“

Sein Blick schweift durch den Raum und bleibt auf einem Bild mit einem Männerkopf hängen. „Ihr Mann ist wohl selten zu Hause?“, fragt er.

Sie schweigt und Pfeifer läuft es plötzlich eiskalt über den Rücken, die falsche Frage am richtigen Ort. Er sieht alle Köstlichkeiten im Kühlschrank verschwinden und sich selbst wieder an der widerlichen Brühe in der Klinik nippen. Pia Vogel blickt ihm fest in die Augen.

„Ich bin froh, dass Sie mir diese Frage stellen. Mein Mann und ich führen keine Ehe mehr. Er hat eine Freundin, die ganz schlecht kocht. Darum kommt er jedes Wochenende zu mir, räumt den Kühlschrank aus, nimmt alle Lebensmittel, auch meine gebackenen Kuchen, mit zu dieser neuen Frau.

„Hmm", macht Pfeifer und schiebt sich genüsslich eine Gabel Pilze in den Mund. Sie sind ein Gedicht und schmecken nach Wald und Erde, dann sieht er sie mitfühlend an.

Pia Vogel spricht bewegt. „Sie glauben gar nicht, wie gut es mir tut, einen Menschen zu haben, der mir zuhört. Sie geben mir neuen Lebensmut, und ich weiß jetzt endlich, wie ich mich verhalten muss."

Uwe Pfeifer ist gerührt, nimmt trotzdem wahr, dass sie von einem Plan spricht, den sie am Nikolaustag in die Tat umsetzen will.

„Pia Vogels Mann", denkt er, „ist bestimmt für viele Gespräche der kommenden Nachmittage tauglich."

Er lauscht ihren Worten und fragt sich, ob er nicht schon um Kaffee bitten kann oder ob es höflicher ist, damit zu warten.

Pia Vogel setzt Kaffeewasser auf. Pfeifer findet es wunderbar, wie sie ihm die Wünsche von den Augen abliest.

„Bis morgen", sagt sie, als der Kuckuck die Trennungsstunde meldet.

Nach dem Überqueren der Straße wird aus dem Lustesser Pfeifer wieder der Patient, der frustriert vor der Kalorienkiller-Brühe sitzt.

Dank Pia Vogels Kochkunst schläft er in der Nacht tief und fest. Fast hätte er seinen Frühsport versäumt.

„Pia Vogel hat einen Plan, einen Plan, der ihren Mann betrifft“, überlegt er, während er mit zwanzig anderen Dicken durch den Park keucht.

Aber Pfeifer kann es nicht lassen, sich auf das nachmittägliche Mahl einzustimmen. Er guckt durch das Fernglas und was er da sieht, erregt ihn. Die schöne Nachbarin verrührt Eier, Zucker und Mehl. Viele leckere Backzutaten liegen auf dem Küchentisch. Er erkennt Hagelzucker, Vanillestangen, Kokosraspeln, Rosinen, Nüsse und Mandeln, alles, was eine gute Hausfrau für die Weihnachtsplätzchenbäckerei braucht.

Dunkel schweben ihm noch ihre Gesprächsfetzen von gestern durch den Kopf. Ist heute nicht Sonnabend, der Tag an dem Herr Vogel den Kühlschrank ausräumen wird, um den Inhalt mit seiner neuen Frau zu verzehren?

Siedendheiß kommt ihm der Gedanke, dass dieser Mensch, dieser Unmensch, alle Plätzchen einpacken wird. Kalter Schweiß steht ihm auf der Stirn. Am liebsten wäre er sofort losgelaufen, um wenigstens ein paar der Köstlichkeiten zu retten, doch er zwingt sich zur Ruhe, der Ehemann wird bestimmt erst am Abend auftauchen. Pfeifer sitzt am Fenster und wartet. Die Zeit schleicht. Er drückt das Glas an die Augen. Die Plätzchen müssten längst fertig sein. Da, endlich holt Pia Vogel das Kuchenblech aus dem Ofen und trägt es zum Tisch. Knusprig und braun lachen ihn die süßen Leckereien an. Seine Gier wächst. Punkt 16.00 Uhr steht Uwe Pfeifer vor Pias Tür und stürmt in die Wohnung. „Seien Sie nicht so ungeduldig“, flüstert sie. „Bald koche und backe ich nur noch für Sie.“

Er hört ihre Worte nicht, denn er muss sehen, ob die Plätzchen für ihn bestimmt sind.

Auf dem Küchentisch liegt ein großer Stoffstiefel, geschmückt mit grüner Tanne und roten Schleifen, prall gefüllt mit den leckeren Backwaren.

„Na, was sagen Sie dazu? Die Überraschung wird meinem Mann sicher gefallen."

Pfeifer erstarrt, er hat es geahnt, die Köstlichkeiten waren nicht für ihn bestimmt. Nein, der Rohling wird sie mit seiner Geliebten verzehren, und er wird leer ausgehen.

Da klingelt das Telefon.

„Bin gleich wieder da", ruft Pia und verlässt die Küche.

Jetzt oder nie.

Pfeifer öffnet den Nikolausstiefel, stopft sich mehrere Plätzchen in die Taschen, einige schiebt er sofort in den Mund. Er kaut und schluckt gierig. Und plötzlich ist ihm, als explodiere etwas in seinem Magen, gleißendes Weiß füllt seinen Kopf, dann breitet sich die Helligkeit in seinem ganzen Körper aus.

Er sackt auf den Bodenfliesen der Küche zusammen.

Pia Vogels entsetzte Schreie sind in seinem Schmerz die letzte Wahrnehmung. „Diese Kekse habe ich doch für meinen Mann gebacken!" Laut und hysterisch ruft sie es mehrere Male, so, als könne sie Uwe Pfeifer dadurch wieder lebendig machen.

Dann wird es still.

Nur das Rattern der S-Bahn ist von Ferne zu hören.

3. Preis

Jürgen Rath

Schnee im Grunewald

Es klingelte. Schrill und lang. Walther schreckte hoch. *Wer das wohl ist? Die mobile Pflege? Nee, so früh kommen die nicht.*

Er blickte zum Radiowecker, musste ganz nahe herangehen, weil er die Brille nicht fand. – *Was, schon zehn Uhr? Wie die Zeit vergeht. Ich hab' doch gerade noch hingeschaut, da war's acht. Was ist denn passiert in den letzten zwei Stunden?*

Er blickte an sich hinunter. Ach ja, er hatte das Unterhemd und die Unterhose angezogen, letztere sogar richtig herum. Gar nicht schlecht in einer so kurzen Zeit. Andere in seinem Alter liefen den ganzen Tag im Schlafanzug umher.

Wieder klingelte es, genauso schrill, aber viel anhaltender. Walther tapste zur Tür. Durch die Milchglasscheibe erkannte er die Umrisse eines kleinen Mannes. „Ach nein", brummte er, „der Herr Schwiegersohn. Was will denn dieser Affe hier?" Aufreizend langsam drehte er die drei Schlüssel herum und löste die Sperrvorrichtung an der Tür. „Was willst du?"

„Guten Morgen, Opa. Ich will dich abholen."

„Opa? Ich geb dir was mit ‚Opa'! Ich bin nicht dein Opa. Und Enkel habe ich auch nicht, ihr habt ja keine hinbekommen."

„An mir hat es nicht gelegen", antwortete der Mann scharf.

Walter tastete mit den Händen an der Kommode entlang, riss das Telefon herunter, es störte ihn nicht. In der Küche strich er über die Arbeitsplatte, wieder polterte es. Das war die Brille, jetzt lag sie im Spülbecken. Endlich konnte er Harald deutlicher erkennen mit seinem schmalen Kopf, der langen Nase und dem fliehenden Kinn.

Ekelhafter Kerl! Wie konnte sich meine Tochter nur in so 'ne halbe Portion verlieben? Und dann hat se auch noch sein Namen angenommen: Birgit Terpe, Kreuzberger Adel. Der schreibt sich ja jetzt mit 'nem Akson irgendwas: Terpé. Macht ihn aber auch nicht größer. Terpeee!

„Ich habe dich nicht hergebeten."

„Ich will dich abholen. Bald ist Weihnachten."

„Weihnachten? Jetzt schon?"

„Ich habe wieder einen Heimplatz bekommen. Kurzzeitpflege, nur über die Feiertage."

Walther fröstelte in seinem Feinripp-Trägerhemdchen. Er rieb sich über die schlaffen Armmuskeln.

„Heimplatz? Ich brauche keinen Heimplatz. Ich wohne hier."

„Im Heim wirst du gut betreut über die Feiertage. Letztes Jahr warst du sehr zufrieden damit."

„Ich brauche keine Betreuung. Ich komme allein zurecht."

Harald packte ihn unvermittelt am Handgelenk und zerrte ihn in den Flur hinaus. „Schau her! Die mobile Pflege hat diese Schilder an die Türen geklebt. Hier: ‚WC', da: ‚Wohnzimmer' und dort: ‚Schlafzimmer'."

Was die alles an meine Türen schreiben. Ob ich denen das erlaubt hab? „Warum steht das da?"

„Weil du verwirrt bist. Du findest dich nicht mehr allein zurecht."

Der kleine Mann kam ihm näher, schnupperte mit angeekeltem Gesicht.

„Außerdem riechst du nach Pipi."

„Ich rieche überhaupt nicht nach Pipi!"

„Nein, du riechst nicht, du stinkst bestialisch."

Höflichkeit musst du noch lernen, Junge. „Du brauchst nicht so zu schreien, ich höre sehr gut."

Das war gelogen. Er hörte nicht mehr gut, jedenfalls nicht auf dem rechten Ohr. Nur noch 20 Prozent, hatte der Ohrenarzt gesagt. Dafür höre ich auf dem anderen Ohr viel besser, hatte er dagegen gehalten. Ich kann die Flöhe husten hören, wahrscheinlich habe ich dort 200 Prozent. Ich kann nur bis 100 Prozent messen, mehr geht nicht, hatte der Arzt gesagt.

„Wir müssen los", drängte Harald, „soll ich dir beim Anziehen helfen?"

„Fass mich nicht an!"

Es dauerte. Endlich war Walther angezogen. Doch noch konnten sie nicht losgehen, der Zahnersatz war verschwunden. Gemeinsam suchten sie. Sie fanden das Gebiss in der Bio-Tonne.

„Schmeckt nach Rosenkohl", sagte Walther.

„Also los jetzt!"

Walther wollte etwas erwidern, der Zahnersatz fiel auf die untere Zahnreihe. „Ich geh nicht mit einem klappernden Gebiss auf die Straße." Er nahm es aus dem Mund, leckte es sorgfältig ab, tropfte Haftcreme auf die Gaumenplatte, setzte das Gebiss wieder ein, wartete. „Frag mich was."

„Können wir jetzt los?"

Walther strahlte. „Jetzt klappert es nicht mehr."

„Wo steht dein Auto", fragte Walther, als er vor der Tür stand.

„Ich habe um die Ecke geparkt. Hier ist ja nie etwas frei."

Walther schaute die Straße hinunter. Da stand nur der Wagen von dem Nachbarn.

Der Weg zum Auto war beschwerlich. *Dass die Gehwegplatten so stümperhaft verlegt sind, ich komm ja kaum über die Kanten weg.*

Ich wünsche niemandem meine Zuckerfüße. Im Auto nahm er seinen Stock zwischen die Beine und lehnte sich erschöpft zurück.

„Seit wann brauchst du einen Stock?", fragte Harald, während er sich in den Verkehr einreihte.

„Ich brauche keinen. Den nehme ich nur aus taktischen Gründen mit."

„Taktische Gründe?"

„Ja, doch. Wenn ich beim Bäcker in der Schlange stehe und mich auf den Stock stütze und laut stöhne, dann lassen die mich fast immer vor."

Der Mann schaute anerkennend. „Du bis ja ein ganz Abgebrühter!"

„Nützt mir leider nicht viel. Wenn ich dann vorne stehe, habe ich meist vergessen, was ich will."

Sie fuhren den Kaiserdamm entlang, Walther betrachtete die vorbeiziehenden viktorianischen Häuser.

„Wohin fahren wir?"

„Nach Wilmersdorf. In den Grunewald."

Grunewald? Da war ich doch immer mit meinen Eltern. Auf'm Teufelsberg, zum Schlittenfahren. „Im Grunewald gibt es kein Altersheim!"

„Doch, gibt es. Wann warst du das letzte Mal im Wald?"

„Muss schon ein paar Tage her sein."

„Eben."

Am Messegelände blickten beide zum Funkturm hin.

„Du hast was vergessen", sagte Harald.

„Was vergessen?"

„Hier flötest du doch immer den alten Werbespruch: ‚Wir sehen uns wieder, unterm Funkturm, in Berlin'." Er versuchte, seiner Stimme den piepsigen Klang der damaligen Sprecherin zu geben.

„Den Spruch verkneif ich mir inzwischen. Ist ja keiner mehr da, den ich wiedersehen will.“ *Außer Birgit natürlich. Meine Birgit!* „Warum ist Birgit nicht mitgekommen?“

Harald war so überrascht, dass er das Steuer verriss. Von der Nebenspur hupte es empört. Dann hatte er das Auto wieder unter Kontrolle.

„Ach, weißt du, die wartet im Heim. Da muss einiges an Papierkram erledigt werden.“

Walther grübelte. Es gab so viele Gänge in seinem Gehirn, so viele Verzweigungen, alle angefüllt mit Erinnerungsmüll, welcher Gang war der richtige? Und dann diese Quergänge, die brachten alles durcheinander. In einem der dunklen Gänge sah er Birgit als kleines Mädchen mit Zöpfen, in einem anderen war ein schrecklicher Autounfall, alles voller Blut! Hatte dieser sonderbare, unaufgeklärte Unfall etwas mit seiner Tochter zu tun? Oder war das jemand anderes?

Plötzlich schreckte er hoch. „Ich habe keinen Schlafanzug dabei. Und keine Zahnbürste.“

Harald blickte konzentriert nach vorne. „Keine Panik! Ist alles hinten im Kofferraum.“

Die Straße schwenkte nach Süden. Auf der Avus wechselte Harald auf die linke Spur und trat das Gaspedal durch. Der Wagen heulte auf, die Landschaft raste an Walther vorbei.

„Eine riesige Kiste fährst du“, sagte er. „Sieht reichlich teuer aus.“

Der Mann fuhr liebevoll über das Lenkrad, seine Augen funkelten. „Ein tolles Auto, nicht wahr? 240 PS, 16 Ventile. Hast du die phantastische Beschleunigung gespürt? Dieses Auto habe ich mir schon immer gewünscht.“

„Kannst du dir so etwas überhaupt leisten? Du bist doch immer pleite.“

„Kümmere dich um deine Sachen, Alter!" Harald schaute zornig herüber. Doch dann lächelte er selbstgefällig. „Ich arbeite gerade an einem großen Projekt. Bin fast am Ziel. Dann fließen die Gelder."

Erzähl mir was, das glaubt doch keiner. Aber was kümmert mich das. Ich hab' mein Häuschen. Und mein Geld auf der Bank. Das wird Birgit erben. Hoffentlich gibt sie dem Versager nichts ab.

Sie verließen die Avus am Hüttenweg, fuhren jetzt durch den Wald. An einer Biegung schwenkte der Mann in einen schmalen Pfad ein. Hier, zwischen den Bäumen, war es fast dunkel.

Kein Schnee! Das würde den Dezember heller machen. Als Kind hatte ich immer Schnee an Weihnachten. Immer! Aber es ändert sich ja so viel in der letzten Zeit. Er schloss die Augen.

Irgendwas stimmt hier nicht. Ein Altersheim im Grunewald, sehr merkwürdig. Und im letzten Jahr soll ich auch schon im Heim gewesen sein, kaum zu glauben. Doch, jetzt erinner ich mich. Wie war das noch gleich? Da gab's einen Aufenthaltsraum. Vorhof zur Hölle hab' ich den genannt. Nur alte Frauen im Saal, welk und zerknittert wie weggeworfenes Papier. Quatschten den ganzen Tag immer über das Gleiche, ihre Krankheiten, du meine Güte. Da gab's auch welche, die hingen nur in ihren Rollstühlen rum und rührten sich nicht. Und dann war da die eine, die stieß ständig so 'nen durchdringenden Schrei aus, da konnte man das Fürchten kriegen. Mich hat's nicht gestört, ich hab' ja immer nur aus dem Fenster geschaut.

Er betrachtete die Bäume. Nach Altersheim sah es hier nicht aus.

War ich wirklich dort? Oder hab ich nur Karl besucht? Warum kann ich mich nicht erinnern?

Über diesen Gedanken schlief er ein. Und träumte. Er saß im Zug, der durch die Nacht raste. Plötzlich wurden die Gleise enger, der Wald rückte näher, der Zug sprang aus den Schienen, er rumpelte und schwankte über die Schwellen. Rumpeln war ganz schlecht für seine Blase. Er musste zur Toilette, doch die Tür war abgeschlossen. Er ging auf und ab, kniff die Beine zusammen, dachte an eine trockene Wüste, das half immer. Endlich ging die Tür auf. Er schaffte es gerade noch auf die Brille, dann stöhnte er erleichtert auf.

Der Wagen rollte auf eine Lichtung. Walther schlug die Augen auf. Es war warm im Wagen, die Heizung funktionierte gut. Und doch fühlte er sich unwohl. Er schaute an sich herunter. Über der Hose und den Beinen hatte sich ein großer, dunkler Fleck ausgebreitet. Der war warm und nass.

„Ich habe mir in die Hose gemacht."

Harald fuhr konzentriert, suchte offenbar den Weg. Plötzlich trat er auf die Bremse.

„Was hast du gemacht?"

„Pampers vergessen!"

Mit einem Satz war Harald aus dem Wagen. Er rannte auf die andere Seite, riss die Tür auf, schaute ungläubig. Dann griff er nach dem alten Mann, riss ihn vom Sitz, stieß ihn mit dem Kopf gegen den Holm.

Beide schauten auf den großen Fleck, der sich auf dem Beifahrersitz ausgebreitet hatte. Im Fußraum hörten sie es tropfen.

„Mein Auto!", schrie Harald. „Mein schönes, neues Auto. Gerade eingefahren und schon ruiniert. Ich halt das nicht aus!" Er fuchtelte mit den Fäusten vor Walters Gesicht herum. „Dafür wirst du bezahlen, du verkalkter Trottel. Ich hätte nicht übel Lust, dich zusammenzuschlagen."

„Vielleicht können wir es auftupfen?"

„Auftupfen? Bist du nicht bei Trost? Das stinkt noch jahrelang!" Der Mann stapfte vor dem Wagen hin und her, weißer

Atem stand vor seinem Gesicht. Er hatte das Kinn drohend vorgereckt und stieß wütende Flüche aus.

Walther tastete sich mit dem Stock über den unebenen Waldboden zum Heck des Wagens. *Legt Birgit nicht immer eine Rolle Küchenkrepp in den Kofferraum? Für alle Fälle, hat sie gesagt. Wenn man Apfelsinen gegessen hat oder mal in die Büsche muss.* Er fingerte am Kofferraumdeckel herum. Sie war nicht aufzukriegen, diese merkwürdige Klappe. *Das war früher praktischer, da gab es einen Griff, den musste man nur drehen.* Er fuhr mit seiner Hand an der Kante entlang, auf der Suche nach einem versteckten Griff. Plötzlich sprang die Heckklappe auf, fast hätte sie ihm die Brille von der Nase gerissen. Er schaute in den Kofferraum. Der war leer. Keine Küchenrolle da, nur eine Zeitung. *Das geht auch, die saugt gut.* Als er die Zeitung hochnahm, lag da eine Pistole.

Merkwürdig, 'ne Pistole im Auto. Ist dieser Mensch jetzt unter die Jäger gegangen? Nein, Jäger schießen mit Gewehren. Vielleicht ist er im Sportverein. Doch dürfen die ihre Pistolen ins Auto legen?

Walther nahm die Waffe. Sie war schwerer als vermutet, er hatte noch nie eine Pistole in der Hand gehabt. Im letzten Krieg war er noch zu klein und danach wollte niemand etwas von Pistolen wissen.

Vorne im Wagen rumpelte es. Harald fluchte gotterbärmlich. Es sah aus, als wollte er den Beifahrersitz nach draußen zerren.

Plötzlich fühlte sich Walther am Hals gepackt. „Lass die Knarre liegen, Tattergreis! Du könntest dich verletzen."

Walther entwand sich dem Griff. Er blickte auf die Waffe, warf sie dann in den Kofferraum zurück, wo sie bis zur Rückenlehne schlidderte. „Hast du immer eine Pistole im Kofferraum?"

„Normalerweise nicht, du Trottel. Ich könnte in eine Verkehrskontrolle kommen. Aber heute brauche ich sie.“

„Wozu?“

Der Mann schaute ihn kalt an. „Um dich zu erschießen, natürlich.“

Walther lehnte sich gegen das Heck des Autos. „Ach, ja?“ *Erschießen hat was mit Tod zu tun: Mein Tod, das unbekannte Wesen. Ein schöner Satz, wo habe ich den nur gelesen?*

Sein Blick schwenkte über die Lichtung. *Vielleicht gar nicht so schlecht, hier zwischen den Bäumen zu sterben. Soll ja recht schnell gehen mit 'nem Loch im Kopf. Auf jeden Fall besser, als im Altersheim totgepflegt zu werden. Aber leider liegt kein Schnee, mit Schnee würde 's mir besser gefallen.* „Wieso willst du mich erschießen?“

Die gelassene Reaktion beunruhigte den Mann. Er reckte den Kopf nach links und rechts, spähte durch die Bäume.

„Weil ich dich beerbe. Du glaubst doch nicht, dass ich dein Geld und dein Haus für die Pflege draufgehen lasse. Dein Geld gehört mir!“

„Nein, mein Geld gehört Birgit.“

„Birgit ist schon lange tot.“

Hatte ich doch Recht! Sie ist tot, gestorben beim Autounfall. Oder doch nicht? Welcher Gang ist der richtige? So viel verschüttet. Ist sie nicht an Brustkrebs gestorben?

„Mein Geld bekommst du nicht“, sagte Walther kühl. „Das habe ich dem Roten Kreuz vermacht.“ *Stimmt das? Hab ich 'n Testament gemacht? Na egal, er soll noch 'n bisschen zittern um den Lohn der Arbeit.*

Harald Terpé zuckte gleichmütig mit den Schultern. „Die Hälfte steht mir gesetzlich zu. Das reicht.“ Er drängte Walther unsanft zur Seite. Dieser stieß dabei heftig mit dem Kopf gegen die geöffnete Klappe. Das schmerzte.

Harald beugte sich in den Kofferraum, um nach der Pistole zu greifen.

Ich will noch nicht in die Kiste. Ich will erst sterben, wenn es schneit. Ich möchte mit Schnee bedeckt sein.

Harald Terpé kam nicht an die Pistole ran, sie lag zu weit hinten. Er beugte sich weiter in das Auto hinein. Walther schaute interessiert zu, eine Hand auf der blutenden Stelle am Kopf, die andere an der Klappe. Der Mann verlor den Halt auf dem nassen Waldboden, er hing halb drinnen, halb draußen und strampelte mit den Füßen.

Walther schüttelte ungläubig den Kopf. *Ein wirklich dummer Mensch, dieser Terpé. Wie kann einer nur so stümperhaft arbeiten? Ist wohl sein erster Mord.* Er zog an der Klappe. Nach einem leichten Widerstand fiel sie schwer nach unten.

Aus dem Kofferraum kam ein Aufstöhnen, dann ein wüster Fluch. Der Mann drückte von unten gegen das Blech. Er schaffte es, mit dem Rücken nach draußen zu kommen.

Walther lehnte sich jetzt mit seinem Gewicht auf die Klappe, das war nicht wenig. Er wollte hinaufsteigen, doch es gelang ihm nicht. Erst als er die Beine und den Rücken seines Schwiegersohns als Stütze benutzte, konnte er sich auf das Heck des Wagens setzen. Mit mäßigem Interesse schaute er auf den Mann hinunter, dessen Kopf im Kofferraum steckte und dessen Hals von der Metallkante immer mehr zusammengequetscht wurde. Die Hände hatte er noch aus dem Kofferraum bekommen, doch die wischten nur fahrig durch die Luft.

Walther wartete, bis sich der Mann nicht mehr bewegte. Vorsichtshalber blieb er danach noch eine Weile auf der Kofferraumklappe sitzen und schaute in den Wald. Schließlich kletterte er herunter. Er blickte zu Boden. Wo sie hergekommen waren, konnte er an den Reifenspuren erkennen. Schwer auf seinen Stock gestützt, machte er sich auf den Rückweg.

Vielleicht schaffe ich es bis zur Avus, vielleicht auch bis nach Hause. Aber warum sollte ich eigentlich zurückkommen? Birgit ist tot, die braucht mich jetzt nicht mehr.

Es begann zu schneien. Erst wenig, dann immer stärker …

3. PREIS

SUSANNE RÜSTER

Einladung zum Weihnachtsdinner

Die fünf älteren Damen trafen sich regelmäßig zu einem Dinner, das sie zuvor gemeinsam zubereiteten. Heute am ersten Weihnachtsfeiertag war Alice Memling die Gastgeberin. Mit fünfundfünfzig hatte sie beschlossen, zu ihrem ergrauten Haar zu stehen und hatte es mit einer blutroten Tüll-Freesie geschmückt.

„Vor der Arbeit gibt's einen Schluck aus meiner Sammlung." Alice begrüßte ihre Freundinnen und führte sie in das Berliner Zimmer, das sie als Empfangssalon nutzte.

Sie lebte seit ihrer Scheidung allein und, dank eines bedeutenden Geschäftsanteils an der größten Berliner Brauerei, in einer herrschaftlichen Charlottenburger Altbauwohnung am Savigny-Platz. Eine Wand nahmen Regale ein, die mit allen Flaschen, die sie jemals gekauft oder geschenkt bekommen hatte, bestückt waren, Hauptsache, es war Alkohol drin. Sechs Sorten Whisky, fünf Cognacs und Brandys, achtzehn verschiedene Schnäpse, drei Sherrys, zwei Ports, fünfzehn Rotweine. Die Bierfässer lagerten in einem kühlen Raum im Keller und Alice wusste, wie ein Fass anzustechen war.

„Auf unser Weihnachts-Dinner." Sie schenkte sich ein Pils ein.

„Een Hellet wär mir ooch recht." Florentine Rasch, die wie immer und trotz Schnee mit dem Fahrrad gekommen war, nahm die Wollmütze ab und fuhr sich durchs gelockte, braune Haar. Sie war mit neunundvierzig die Jüngste unter den fünf und hatte sich *direktemang von Neukölln nach Charlottenburg hochgearbeitet, nur mit meen' Körper.* Jetzt betrieb sie am unteren Kudamm, eine Feststellung, auf die sie Wert legte, ein gut gehendes Ladylike-Fitness-Studio.

Katharina Fresenburg, mit fünfundsechzig die Älteste und dank eines in Ostpreußen begründeten und irgendwie nach Berlin geretteten Familienvermögens auch Wohlhabendste unter ihnen, wählte einen Portwein. „Den haben wir damals zusammen genossen." Sie lebte große Teile des Jahres an der Algarve, verbrachte Weihnachten aber immer in Berlin, wegen der Erinnerungen.

„Wenn Alkohol nur nicht so viel Kalorien hätte", sagte Paula Gerhardt, die das Bekleidungsgeschäft ihrer Eltern führte und aus Spaß als Dame ohne Alter modelte.

„Nimm einen Klaren." Alice holte aus ihrem Flaschen-Arrangement einen Nordhäuser Korn und schenkte ein.

„Für mich Schampus", sagte Miriam Dietrich, die Zahnärztin und Krimi-Liebhaberin. „Ich lese gerade einen Theater-Krimi, da macht sich der Naturbursche an die Salondame heran. Aber die ist schon vom Lebemann in Beschlag genommen. Das geht nicht gut aus."

„Wie öfter im Leben." Katharina nahm auf einem der dunkelrot bezogenen Sessel Platz und sah verträumt in den lohfarbenen Port.

Die fünf Freundinnen prosteten sich zu und bewunderten den hohen Weihnachtsbaum, der neben dem einzigen Fenster des Berliner Zimmers stand, und den Alice in Weiß und Silber geschmückt hatte.

„Ick bin noch übern historischen Weihnachtsmarkt anner Oper, und da hab ick den jeseh'n." Florentine wickelte einen liebevoll verpackten Teufelskopf aus rotem Glas aus.

„Der grinst diabolisch." Alice betrachtete den breitgezogenen schwarzen Mund mit den weißen Zähnen. „Den häng ich an den Baum, damit er mich nicht von hinten überfällt."

Die Freundinnen lachten und ihre Gesichter begannen sich zu röten. Sie freuten sich aufs gemeinsame Kochen.

„Ihr wisst, warum ich euch heute eingeladen habe", sagte Alice. „Der erste Weihnachtstag jährt sich."

„Vor einem Jahr ham wa det erste Mal zusamm' jekocht. Und heute wolln wa feiern." Florentine nahm einen kräftigen Schluck Bier.

Einen Augenblick war es still. Die Freundinnen hingen ihren Gedanken nach.

„Vor zwee Jahr'n hab' ick det letzte Mal rote Rosen jeschenkt bekomm", setzte Florentine fort.

„Rosenkavaliere führen meist was im Schilde, das weiß man aus der Oper", sagte Miriam. „Der jugendliche Geliebte einer alternden Frau intrigiert."

„Nicht alle Mitmenschen meinen es gut mit Ihnen, stand damals in meinem Horoskop", sagte Paula. „Seien Sie nicht zu offenherzig mit Ihren Gefühlen."

„Eben." Alice pfiff durch die Zähne und begann, die geleerten Gläser einzuräumen, als Zeichen, dass es jetzt an die Arbeit ginge. In der großen, mit Terrazzo ausgelegten Küche war Platz für alle fünf.

„Heute gibt's Berliner Weihnachtsessen. Gänsebraten mit Rotkohl und Klößen." Alice leckte sich die Lippen.

„Und morgen gibt's Eiweiß-Diät-Drink." Paula band eine Schürze um ihr rotes Schlauchkleid. „Soll ich euch ein Geheimnis verraten? Ich trete als Kalender-Girl auf."

„Nackich?", fragte Florentine neugierig.

„Eine kraftvolle Strömung ist für den Energie-Überschuss verantwortlich, sagt mein Horoskop.“ Paula zwinkerte. „Ich und noch elf andere Pin-up-Omas kommen auf den Kalender. Für die Stiftung ‚Alt werden lohnt sich‘.“

„Mir geht's mit Fünfzig plus auch richtig gut.“ Miriam begann die Äpfel für die Füllung zu schälen und in kleine Würfel zu schneiden. „Früher war ich viel zu ängstlich für Krimis. Bis ich dem Schatten hinter mir ins Gesicht gelacht habe.“

„Nichts wie ran.“ Alice lüpfte ein Küchenhandtuch. „Hier liegt der Gänserich. Abgebraust, trocken getupft und das Fett aus der Bauchhöhle entfernt.“

Die Freundinnen warfen einen Blick darauf, machten „oh“ und „hm“ und kicherten.

Draußen im Hof begann ein Leierkasten zu spielen. „Sti-hile Na-ha-hacht, hei-ei-lii-ge Na-ha-hacht …“ Alice ging auf den schmalen Küchenbalkon und warf ein Geldstück hinunter.

„Det war 'ne andere Musik, damals.“ Florentine griff nach einem spitzen Messer und hackte Zwiebeln. „Tango Criminale im Tanzcafé. Meene Knie ham vielleicht jezittert.“

„Der Kerl gehörte zu den Männern, die eine Frau richtig herumwirbeln.“ Alice rieb die Gans liebevoll mit einer Gewürz-Öl-Marinade ein.

„Ich hab es schon genossen, wenn mir ein so gut aussehendes Mannsbild den Stuhl zurecht gerückt hat“, bemerkte Katharina versonnen.

„Oder die Hand gestreichelt hat.“ Paula strich sich über die Hüften.

„Und die elegante Unterwäsche.“ Miriam begann, die gekochten Kartoffeln zu reiben. „Kein Feinripp, keine herum liegenden Socken.“

„Wo hat der die Socken eigentlich abgestreift?“, fragte Paula. „In meiner geschiedenen Ehe hatte ich Mühe, die Paare zusammenzuhalten.“

„Wer weiß, wie der Kavalier sich in einer Ehe entwickelt hätte“, sagte Miriam nachdenklich. „Vielleicht zum Kassenbon-Kontrollierer.“ Sie ging ins Berliner Zimmer, nahm aus der Anrichte eine weiße Tischdecke mit goldenen Sternen und schmetterte dabei den alten Song von Hildegard Knef: „Aber schön war es doch“.

„Schön war det, hinter ihm uff'm Motorrad zu sitzen“, stimmte Florentine in den Gesang ein. Sie holte einen Topf mit Sahne aus dem Kühlschrank.

„Können wir nicht Joghurt nehmen?“ Paula kniff sich in das Röllchen unter den Rippen. „Bis ich als Kalendergirl auftrete, müssen noch fünf Kilo runter.“

„An so einem Tag wie heute wird nicht gefastet“, sagte Katharina bestimmt. „Ich bin extra aus Portugal hergekommen.“

„Aber schön war es nicht“, sang jetzt Alice. „Wenn ich an die Motocrossfahrten mit dem Typen denke. Öl, Schlamm und alles landet in deiner Waschmaschine.“

„Und die matschverkrusteten Stiefel latschen über deinen Flokati“, ergänzte Miriam. „Das macht nur Sinn, wenn's um Spurensuche geht.“

„Kerls in Ledersachen sind schon stattlich.“ Katharina rührte fahrig in der Sauce herum. „Wenn sie nur nicht den ganzen Tag unter ihrer Maschine liegen würden.“

„Trotz allet, die Jeländetour'n verjess' ick nich'“, meinte Florentine.

„Hatte er da eigentlich noch seine BMW oder schon die Kawasaki?“ Katharinas Kochlöffel machte eine heftige Bewegung.

„Er hatte ’ne Yamaha. Und die beschleunigte in 3,7 Sekunden uff 100 Kilometer pro Stunde.“ Florentine knetete die Kartoffelmasse.

„Zu meiner Zeit fuhr er seine zweite BMW.“ Paula lachte. „Ich musste mir ständig was über Höchstgeschwindigkeit und den Durchzug bis 150 Kilometer pro Stunde anhören.“

„Wie oft hab’ ick anner Spinner-Brücke über der Avus mit den ander’n Motorrädern rumjestanden.“ Florentine warf einen Kartoffelkloß von einer Hand in die andere.

„Ab in den Ofen mit unserem Gänserich“, sagte Alice. „Wie wär’s mit einem kleinen Aperitif?“

Die Freundinnen nickten und setzten sich um den Küchentisch.

„Die Kosten-Nutzen-Analyse war eindeutig negativ“, sagte Katharina. „Das Cabriolet, das ich nur in unserer Zeit hatte. Super-Plus-Benzin, Zweitwagensteuer, Mietgarage.“ Sie blickte mit ihren hellblauen Augen in die Vergangenheit zurück. „Aber schön …“

„Fang bloß nicht auch noch an zu singen.“ Alice nahm einen kräftigen Schluck Berliner Kindl.

„Die Abendessen, Theaterbesuche, Galerien.“ Paula betrachtete sehnsüchtig das Bierglas in Alices Hand. „Mit all dem Geld hätte ich mir Modellkleider leisten können.“

„Glaubst du, das hätte was genutzt?“ Alice kicherte und schlug sich spielerisch auf den Mund.

„Er war ja Kunstmaler und verdiente nur wenig“, fuhr Katharina sinnend fort. „Ich hab ihm das geglaubt.“

„Und det Finanzamt hat die janzen Kosten nich’ mal anerkannt“, stellte die praktisch veranlagte Florentine fest. „Obwohl det Künstler-Sponsoring war.“

„Hatte er zu deiner Zeit noch das Atelier in der Schlüterstraße?“ Katharina schenkte sich noch einen Erinnerungs-Port ein.

„Nee, da isser rausjekündigt worden und ick hab’ ihm die Miete für een neuet bezahlt.“ Florentine tippte sich an die Stirn. „Ick hätt’ merken müssen, dass der nich’ echt is’. Hat imma so krampfhaft hochdeutsch jesprochen. Aber nich’ mit Florentine. Die hört die Berliner Schnauze doch raus.“

„Wieso war der bei euch Kunstmaler“, fragte Alice entrüstet. Ihre Wangen zeigten rote Flecken. „Bei mir war er Unternehmer. Public Relations. Sein unzuverlässiger Großkunde hatte sich gerade abgesetzt.“ Alice stieß gegen ihr Glas und Berliner Kindl ergoss sich über den Tisch.

„Bei dir hatter die romantische Masche wohl nich’ nötich jehabt“, sagte Florentine grinsend.

„Ich fand es so toll, einen echten Maler zu unterstützen“, stieß Paula hervor, den Tränen nahe. „Und der macht in Public Relations.“

„Bist auf ihn reingefallen, wie wir alle“, sagte Katharina. „Mir hat er Bilder gezeigt, alles abstrakt. Ich wollte meine Lesebrille nicht aufsetzen und konnte die Signatur nicht erkennen.“

„Zu eenem Kunstmaler passt det Motorrad ooch nich’ so recht.“ Florentine betrachtete sinnend das verschüttete Bier. „Wenn der Kerl sich den Arm verkrüppelt, kanner Mundmal’n.“

„Was so ein bisschen Vermögen mit einem macht“, sagte Alice spöttisch und wischte das Bier auf. „Ich blöde Kuh habe für seine Schulden eine Bürgschaft übernommen.“

„Ich hab’ mir meinen Schmuck zurück ersteigern müssen.“ Paula schüttelte den Kopf, dass ihre goldenen Ohrringe hin und her schwangen. „Zum Glück hab’ ich beim Pfandleiher nachgefragt, als ich merkte, dass das Zeug weg war.“

„Dann mache ich auch ein Geständnis. Ich wollte ihn als Miteigentümer für mein Mietshaus eintragen lassen." Katharina griff nach dem Küchenmesser und rührte in ihrem Portwein herum. „Zum Glück hat das mit der Umschreibung zu lange gedauert." Das Messer quirlte den Port auf.

„Ich hatte gerade schön eingekauft und merkte beim Bezahlen, dass die Kreditkarten futsch sind", sagte Miriam.

„Ick hab' det Atelier für een' anjeblichen Kunstmaler bezahlt und noch nich' mal een Portrait von mir bekomm'." Florentine schüttelte den Kopf. „Dafür hab' ick ihn als Jeschäftsessen von die Steuer abjesetzt."

„Aber dann ließ der Kerl sein Notizbuch bei mir liegen", sagte Alice. „Die vielen Frauennamen und mir war alles klar."

Der Wecker in der Küche schrillte. „Unser Dinner ist fertig." Alice holte die Gans aus dem Ofen und zerteilte sie mit einer Geflügelschere. Florentine deckte den Tisch. Paula zündete fünf rote Kerzen an.

„Zünd auch eine für ihn an", sagte Katharina mit der Milde der Ältesten.

Kurze Zeit darauf genossen die Freundinnen ihr Dinner. Die fünf Kerzen waren im Kreis aufgestellt, die sechste brannte in der Mitte.

„An so einem Jahrestag sollten wir auch der schönen Seiten gedenken", meinte Katharina. „Mich hat nie vorher ein Mann gefragt: Meine Liebe, möchtest du heute mit mir tanzen gehen?" Sie strich sich übers Dekolleté, das sich hinter einer zartgrauen Seidenbluse verbarg.

„Ha, tanzen jeh'n mit deinem Jeld", warf Florentine dazwischen.

„Er hat seine Jacke vor mir ausgebreitet, als ich bei Matsch aus dem Auto steigen musste."

„Seine Jacke? Oder die von dir bezahlte?“

„Das vergisst man in so einem Augenblick. Ich kam mit sauberen Schuhen an und er hat gefroren. Nur für mich.“ Katharina ging in die Garderobe und kam mit einem Strauß zurück.

„Schwarze Nelken“, kreischte Paula. „Die Blume der Trauernden.“ Ganz gegen ihren Entschluss goss sie sich nun doch einen roten Burgunder ein.

„Als ich das Notizbuch fand, hätte ich ihn im Schlaf anstechen können wie ein Bierfass.“ Alice musterte die schwarzen Nelken mit zusammengekniffenen Augen. „Aber ich hab’ überlegt, ob ich meine Rache nicht mit den anderen Notizbuch-Damen teilen könnte.“

„So bist du auf uns gestoßen.“ Katharina legte den Arm um Alice.

„In einem Krimi hat ein Hochstapler nacheinander alle Frauen umgebracht“, sagte Miriam. „Weil sie ihm auf die Schliche gekommen sind.“

„Wir waren besser.“ Alice leckte sich die vom Gänsebraten glänzenden Lippen.

„Und wir waren zwischen fünfzig und sechzig“, stellte Katharina fest.

„Du warst sechzich und ich achtundvierzich“, korrigierte Florentine.

„Ist doch egal“, sagte Miriam. „Allein hätte das keine von uns bewältigt.“

„War ja auch nicht so einfach.“ Katharina schickte einen nachdenklichen Blick rundum. „Kein hoher Blutdruck, kein Cholesterin, kein Diabetes. Mit deftiger Küche war der nicht zu schaffen.“

„Und für ’ne Manipulation an det Motorrad hat uns det Technische jefehlt“, setzte Florentine fort.

„Was glaubt ihr, wie ich erst mal studiert habe." Alice deutete auf ihren Bücherschrank, in dem neben Kochbüchern die Werke „Medizinpflanzen" und „Giftpilze" standen. „Die Mistel ist ein bisschen giftig, aber nicht genug. Den Apotheker fragen, ob es ausreicht, dass ich den Braten mit Oleanderzweigen spicke, wollte ich auch nicht."

Die Freundinnen lachten. Der Rotwein machte die Runde. Auch Paula, die fünf Gläser Mineralwasser zu sich genommen hatte, ließ sich zu einem zweiten Glas Burgunder bekehren.

„Ich habe bei Agatha Christie nachgelesen", sagte Miriam. „Die hat ja als Krankenpflegerin gearbeitet. Und sie liebte Giftmorde."

„Arsen soll ja nachweisbar sein", sagte Paula.

„Kurare und Fliegenpilzgift auch", sagte Alice.

„Agatha Christie verrät nie die Dosis", sagte Miriam. „Aber ich hab' schließlich Medizin studiert."

„Ich habe mir *Das große Buch der Toxikologie* gekauft", sagte Alice. „Und dann wusste ich, was ins Essen gehört."

„Ick wollte det jar nich' wissen", sagte Florentine. „Zum Glück bin ick nur die Zutaten für det Dinner einkoofen jegangen. Wildschwein-Schlegel. Wie passend!"

„Das Kochen selber war auch ganz nett", sagte Katharina. „Wenn ich nur nicht den Drang gehabt hätte, dieses braune Fläschchen in den Ausguss zu schütten, damit nichts passiert."

„Und mir habt ihr die ganze Verantwortung überlassen, nur weil ich Krimis liebe." Miriam lächelte schmerzlich. „Ich musste höllisch aufpassen, dass ich die Knödel für Alice nicht mit den Tropfen spickte."

„Ich hab' ihm kräftig von der Sauce gegeben", sagte Alice. „Rotwein, Wachholderbeeren, Zimt und Speck, da schmeckte er die Tropfen gar nicht mehr."

„Ich hab' den Tisch festlich gedeckt. Der Kerl sollte sich ja wohlfühlen. Blumen, Kerzen und viel Burgunder." Paula machte eine weit ausgreifende Armbewegung. „Mein Horoskop sagte: Sie sind in allerbester Form und erreichen heute Ihr Ziel."

„Und denn hofften wa, dasser richtich Hunger hat", sagte Florentine.

„Ich habe einen kleinen Augenblick gedacht, ich wäre die Frau, die ihn retten könnte." Katharina drehte eine schwarze Nelke hin und her.

„Zum Glück haben wir dir deine Samaritergefühle ausgetrieben", sagte Paula.

„Und zum Glück hat unser Kerl geraucht", sagte Alice. „So ein Herzinfarkt kommt bei Rauchern im besten Alter vor."

„Du hast es mit Agatha Christie gehalten und uns nie verraten, was es eigentlich war", sagte Miriam. „Ich tippe auf Fingerhut. Agatha hatte auch eine Vorliebe für Digitalis."

Alice wiegte den Kopf. „Die Weihnachtspflanzen geben auch ganz schön was her. Christrose, Bittermandel, Weihnachtsstern."

„Herzrhythmusstörung, Atemlähmung, Bewusstlosigkeit", setzte Miriam mit dem Wissen der Ärztin fort.

„Sti-hi-le Na-ha-hacht – gif-tiii-ge Na-ha-hacht", schmetterte Florentine.

Alle stimmten ein und hoben ihre Gläser. „Auf Alice. Sie hat uns zusammen geführt. Und sie hat das letzte Dinner mit ihm gehabt", sagte Katharina. „Während wir anderen im Nebenzimmer abgewartet haben."

Die fünf Freundinnen stießen an.

„Der Arzt hat Herzversagen diagnostiziert", sagte Miriam. „Wir waren so gut wie Agatha Christie!"

„Hei-liii-ge Na-ha-hacht, gif-tiii-ge Na-ha-hacht …"

Angela Hüsgen

Oh, du Wahnsinnige

„Hast du schon das Neueste vom Weihnachtsmarktmörder gehört?“ Rudi vom Bratwurststand hält die Tageszeitung auf Armeslänge und schüttelt imaginäre Bluttropfen heraus.

„Klar, Rudi, meine Ohren sind groß wie die eines afrikanischen Elefanten“, rufe ich zu ihm herüber.

„Der soll mal hier aufkreuzen. Wir schnappen ihn uns und kassieren die Belohnung. Dann machen wir zwei Hübschen uns ein paar nette Tage auf Malle.“

Als ob ich mit dem dicken Rudi nach Mallorca oder sonst wohin fahren würde. Der alte Jahrmarktcasanova versucht schon die ganze Woche mit mir anzubandeln – wie jedes Jahr. Immer richtet er es so ein, dass er seinen Stand neben meinem hat. Ich hab schon dran gedacht, bei einem anderen Markt anzuheuern, aber als gebürtige Spandauerin ist dieser mir der liebste. Meine Bude steht auf dem Rathausvorplatz mit Blick aufs Rathaus. Früher bin ich dort mit Moni Paternoster gefahren. Das Ein- und Aussteigen in den offenen Fahrstuhl haben wir bis zum letzten Augenblick hinausgezögert. Am größten war der Nervenkitzel, wenn wir das Schild „Achtung, hier aussteigen!“ missachteten und durch den unbeleuchteten Keller fuhren oder den Dachboden. Mein Herz galoppierte und beruhigte sich erst, wenn wir wieder das Licht der Rathausflure erblickten.

„Hast du schon eine Theorie?“, unterbricht Rudi meine Gedanken.

„Nein, du Nervensäge“, sage ich so leise, dass er es nicht hören kann und konzentriere mich auf mein Wechselgeld. Um diese Uhrzeit sind erst wenige Besucher auf dem Weihnachtsmarkt. Das Wetter ist trübe, aber mild. Ich trage trotzdem meine wärmsten Stiefel, denn ich hasse kalte Füße. Von der Angina bis zur Blasenentzündung habe ich mir auf den Märkten schon alles geholt, weshalb ich meinen Job gelegentlich verfluche. Aber da ich mich nicht von schlechtgelaunten Chefs rumkommandieren lassen will, nehme ich es in Kauf.

„Die Sache mit dem Finger ist ja schon gruselig", meint Rudi.

„Vielleicht ist der Mörder Fleischer wie du", stichle ich.

Er droht lachend mit dem Zeigefinger, dann legt er die erste Ladung Rostbratwürste auf den Grill und ich setze die Popcornmaschine in Gang. Seit letzte Woche auf dem Alt-Rixdorfer Weihnachtsmarkt der erste Mord passiert ist und inzwischen noch ein zweiter, sehe ich mir die Besucher genauer an. Am Wochenende kommen viele Familien. Die Kinder haben verklebte Münder von Zuckerwatte und kandierten Äpfeln, die Eltern sind gestresst und streiten sich, weil einer zu viel Geld ausgibt oder dem Sprössling Zuckerwatte kauft, obwohl der davon zappelig wird. Dann gibt es die Paare ohne Kinder. Die langweilen sich miteinander, dafür geben sie viel Geld aus für handgestrickte Wollsocken, geschnitzte Holzfiguren und gläserne Christbaumkugeln. Meist trinken sie becherweise Glühwein und schlagen sich die Bäuche voll – und geben dann noch mehr Geld für Weihnachtsgeschenke aus. Eine besondere Kundschaft sind die einzelnen Männer. Wie verirrte Schafe trotten sie über den Markt. Von ihren Frauen verlassen, wünschen sie sich nichts sehnlicher als nervende Kinder und ein verschwenderisches Weib an ihrer Seite. Keiner von ihnen ist der Weihnachtsmarktmörder, beschließe ich und halte Ausschau nach dem besonderen Besucher. Es muss ein Einzelner sein, einer der zuschlägt, wenn das Gedränge am dichtesten ist und nur noch die Lichterketten den Markt erleuchten. Wie sollte es ihm sonst gelingen, jemandem ein Skalpell ins Herz zu jagen und dann noch den Mittelfinger abzuschneiden, ohne Aufmerksamkeit zu erregen.

„Sicher ist es eine Frau“, ruft Rudi munter und erntet Zustimmung von einem betagten Herrn mit Stirnglatze, der sich gerade einen dicken Streifen Senf auf seine Wurst schmiert.

„Welche Frau schneidet denn einem Toten Körperteile ab, außer vielleicht …“ Jetzt geht meine Fantasie mit mir durch. Doch Rudi und sein Kunde sind sich einig; nur eine Frau kann so hinterhältig sein, jemandem rücklings das Herz zu durchbohren.

„Vielleicht sind's auch zwei, jeder hat ein Skalpell, dann geht es ratzfatz.“

„Zwei Frauen, genau!“ Die Männer nicken zufrieden.

Vor meiner Bude haben sich inzwischen ein paar Halbwüchsige eingefunden. Die sind mir als Kunden ja nicht so angenehm. Sie haben wenig Geld, entscheiden sich ständig um und mosern über alles und jedes. Außerdem muss man aufpassen, dass sie nicht klauen.

Das Gequatsche der Männer geht mir langsam auf den Geist. Wenigstens ist Rudi eine Weile beschäftigt, so kann ich mich aufs Verkaufen konzentrieren und auf die Frage, warum in drei Teufels Namen der Mörder den Finger an den höchsten Tannenbaum hängt. Auf dem Rixdorfer Markt hat er ihn demonstrativ in fast zwei Meter Höhe in eine prächtige norwegische Tanne gehängt. Das ist doch pervers! Ich taxiere die vorbeischlendernden Besucher. Wenn er hier vorbeigeht, werde ich ihn erkennen, davon bin ich überzeugt. Für Wahnsinnige hab ich einen Blick; menschliche Abgründe, Verbrechen aus Leidenschaft, es gibt nichts Spannenderes.

„Machen Sie mir jetzt endlich meine Zuckerwatte?“, nörgelt das stark geschminkte Mädchen mit den toupierten Haaren vor meinem Tresen.

„Immer mit der Ruhe, habt’s ja mordsmäßig eilig alle miteinander. Wohl noch ’n Date mit dem Weihnachtsmarktmörder.“

Das hat gesessen. Die Gesichtszüge der Toupierten entgleisen und ihre gepiercte Freundin tippt sich an die Schläfe. Ohne Zuckerwatte suchen sie das Weite.

Himmel, ich vergraul mir noch die Kunden. Der Alte bei Rudi isst jetzt schon die zweite Wurst und lässt sich Details von den beiden Mordfällen berichten. Jetzt schlendern zwei Polizisten heran und Rudi ist sofort wieder auf Kundenfang.

„Na, zwei knackige Würstchen? Da klappt’s gleich besser mit der Verbrecherjagd.“

Eins muss man ihm lassen, die Kunden anbaggern kann er. Prompt bleibt die Polizei, dein Freund und Helfer, stehen und kauft sich ’ne Wurst.

„Was meinen Sie, wird der Weihnachtsmarktmörder wieder zuschlagen?“, fragt Rudi die Uniformierten.

Bevor sie sich zu einer Antwort hinreißen lassen, betrachten sie nachdenklich ihre Würste, beißen vorsichtig hinein und kauen gründlich. Schließlich sagt der ältere, ein gemütlicher Typ mit Bauch und grauen Schläfen: „Schätze, der hinterlässt seine Duftmarke auf jedem Weihnachtsmarkt der Stadt.“

„Dann ist unser Geschäft im Eimer“, sagt Rudi und da muss ich ihm ausnahmsweise recht geben, denn wer wird sich noch auf einen Weihnachtsmarkt trauen, wenn er damit rechnen muss von einem Skalpell durchbohrt und außerdem von einem seiner Mittelfinger getrennt zu werden. So ein Mörder ist Gift fürs Geschäft.

„Wie wär's mit gebrannten Mandeln?" Ich zwinkere dem dicken Polizisten zu. Nach der Wurst noch was Süßes, da kann er nicht widerstehen. Der jüngere liebäugelt mit einem Lebkuchenherz, eins mit der Aufschrift ‚Bin dein Sugarbaby'.

Doch sein Kollege schüttelt den Kopf. „Wir sind im Dienst, Holger!"

So geht der Nachmittag dahin und der Markt füllt sich. Sogar der laute und geschäftige Rathausvorplatz, der so wenig von der heimeligen Atmosphäre an der Nicolaikirche hat, wird verzaubert von weihnachtlicher Musik, dem Glanz der Lichterketten und einer stattlichen Brandenburger Tanne. Die Gesichter der Besucher entspannen sich; wärmende Becher voller Glühwein in den Händen, stehen sie bei Rudi Schlange – und auch mein Geschäft floriert.

Plötzlich dreht Rudi sein kleines Radio lauter und lauscht angestrengt. Dann ruft er: „Der Weihnachtsmarktmörder, er hat wieder zugeschlagen."

Die Menschen vor seinem Stand drängen näher heran, um ja alles mitzubekommen. Sie flüstern, drehen sich um, als stehe der Mörder schon hinter ihnen. „Wo denn?", fragt einer.

„An der Gedächtniskirche, vor einer Stunde, die Polizei ist noch vor Ort", übersetzt Heinz das Gebrabbel im Radio.

„Und der Finger?", fragt eine gepflegte ältere Dame mit einem lüsternen Glitzern in den Augen.

„Der hängt im Baum."

Das scheint die Leute besonders aufzuregen. Als sei die Tatsache, dass dem Opfer nun ein Finger fehlt, schlimmer als sein Ableben an sich. Da man aus dem Radio nicht mehr erfahren kann, zerstreut sich die Menge bald wieder. Ratlose Menschen schütteln die Köpfe, zucken die Achseln und sehen sich immer wieder um. Das selige Weihnachtslächeln ist von ihren Gesichtern verschwunden. Jetzt, wo der Weihnachtsmarkt Feindesland geworden ist, zieht es sie heim in die Sicherheit ihrer Neubauwohnungen.

„Diesmal ist das Opfer eine Frau", stellt Rudi verwundert fest. „Verstehst du das? Welches Motiv haben die?"

„Ich hab keinen Schimmer. Vielleicht Rache oder Habgier?", rätsle ich. „Ist es das nicht meistens?"

„Man müsste mehr über die Opfer wissen", sinniert eine angesäuselte Frau und beißt in ihren kandierten Apfel.

Ihr Mann, ein schmächtiger Typ mit blutunterlaufenen Augen, nuschelt: „Einsperren, alle einsperren!" Wen genau er einsperren will, geht in seinem betrunkenen Lallen unter. Die Frau verdreht peinlich berührt die Augen und schiebt ihren Mann weiter. Der Abend endet ohne weitere Zwischenfälle.

Am nächsten Tag erscheinen die beiden Polizisten wieder. Da wir gute Sicht auf die Tanne vor dem Rathaus haben, sozusagen Logenplätze, sollen wir auf besondere Ereignisse und verdächtige Personen achten. Das mache ich eh die ganze Zeit. Beim Verkauf hab ich auf Autopilot geschaltet und alle meine Antennen auf Mördersuche gerichtet. Es liegt eine merkwürdige Spannung in der Luft. Äußerlich wirkt der Markt unverändert. Die Menschen essen, trinken und kaufen wie immer. Doch dicht unter der weihnachtlichen Fassade lauert Panik, das kleinste Ereignis kann sie hervorbrechen lassen. Rudi hat sein Radio laut gestellt und wirft mir abwechselnd besorgte und aufmunternde Blicke zu. So schlecht ist er vielleicht gar nicht, denke ich und grinse ihm vage zu. Er scheint das als Liebeserklärung aufzufassen, denn er strahlt mich an und seine Lippen formen das Wort Malle.

„Nicht in diesem Leben!", rufe ich ihm zu.

Aber das scheint ihn nicht zu beeindrucken.

Aus den Augenwinkeln nehme ich plötzlich eine Bewegung an der Tanne wahr. Ich bin wie elektrisiert. Dort geschieht etwas. Vielleicht ein Mord? Auf einmal herrscht Geschiebe und Gedränge um den Weihnachtsbaum herum. War das ein Schrei?

„Rudi!“ Ich zeige auf die Tanne.

Ein kurzer Blick, dann springt der korpulente Mann wie ein junger Jaguar aus seiner Bude heraus und rast zum Baum. Welch ein Durcheinander! Menschen stieben auseinander wie eine Herde Antilopen, wollen fliehen, andere, von Sensationslust getrieben, versuchen näher heranzukommen.

„Hilfe!“, schreit einer. „Mörder!“

Da sind auch schon ein paar bis an die Zähne bewaffnete Polizisten zur Stelle. Sie sehen aus, als seien sie von irgendeinem Sondereinsatzkommando. Sofort sperren sie das Gebiet um die Tanne herum ab. Ich kann Rudi nicht mehr sehen; hoffentlich ist ihm nichts passiert. Meinen Stand kann ich nicht im Stich lassen, schließlich hab ich eine Menge verführerische Näschereien in der Auslage. Nach ein paar Minuten taucht er endlich wieder auf.

„Was war denn?“

Er schüttelt den Kopf. „Kein Mörder, nur ein Besoffener, der in den Weihnachtsbaum gefallen ist. Die Polizei hat ihn mitgenommen.“

Für seinen sportlichen Einsatz schenke ich ihm eine Tüte gebrannte Mandeln und er gibt mir eine Rostbratwurst aus. Den Weihnachtsmarktbesuchern dagegen scheint der Appetit vergangen zu sein, deshalb bleibt mein Nachbar auf seinen restlichen Bratwürsten sitzen und ich schließe meine Bude früher als sonst. Für das verbleibende Weihnachtsgeschäft sehe ich schwarz.

Am nächsten Tag schlägt das Wetter um, es fängt an zu schneien. Es ist jedes Jahr erstaunlich, wie die weißen Flocken die Stimmung auf dem Weihnachtsmarkt verändern. Plötzlich wird es beschaulich und feierlich. Die Menschen sind weniger hektisch; statt sich gegenseitig zu beschimpfen, wenn sie im Gedränge steckenbleiben, wünschen sie einander frohe Weihnachten. Fast könnte es Frieden sein auf Erden, wenn es nicht Kriege und Naturkatastrophen gäbe, Hunger und Seuchen und natürlich den Weihnachtsmarktmörder.

Der Vorfall vom gestrigen Abend scheint vergessen zu sein. Das Weihnachtsgeschäft verläuft ungestört, nur die beiden Polizisten patrouillieren gemächlich durch die Budengassen. Rudi und ich sind froh, dass die Kunden doch noch kommen. Drei Mal hat der Mörder schon zugeschlagen: das erste Mal auf dem Rixdorfer Markt, dann auf dem Markt vor dem Charlottenburger Schloss und gestern an der Gedächtniskirche.

„Gibt's Neues vom Weihnachtmarktmörder?", ist inzwischen eine beliebte Gesprächseröffnung bei den Kunden.

In den Medien sind die Morde natürlich ein großes Thema und die Frage nach dem Motiv beschäftigt nicht nur die Polizei. Bei den Opfern handelt es sich um eine junge Frau und zwei ältere Männer. Alle waren sie allein auf den Märkten unterwegs, aber das ist auch die einzige Gemeinsamkeit.

„Vielleicht wählt er seine Opfer zufällig aus", schlage ich Rudi vor, doch der hebt die Arme wie ein Prediger, der auf Erleuchtung hofft.

In drei Tagen ist Weihnachten. Ich werde wieder allein sein, denn meine einzige Tochter lebt mit ihrem Mann in Amerika. Weder sie noch ich haben genug Geld, um uns regelmäßig zu besuchen. Im Winter muss ich jedes Jahr knapsen. Da käme mir eine Belohnung gerade recht.

Für sachdienliche Hinweise zur Ergreifung des Weihnachtsmarktmörders wird eine Belohnung ausgesetzt, haben sie im Fernsehen gesagt. Statt mit Rudi nach Mallorca, würde ich nach Cleveland fliegen.

Rudi bringt mir ein Glas Glühwein.

„Ausnahmsweise", sag ich und proste ihm zu.

„Was machste eigentlich an Weihnachten?", fragt er.

„In der Badewanne liegen und warten bis es vorbei ist."

„Hast du nicht 'ne Tochter?"

„In Ohio."

„Vielleicht könnten wir ja zusammen …"

„Nicht nach Mallorca!"

„Wir wollen nicht stören, aber vielleicht könnten sie uns eine Zuckerwatte machen."

Mein Gott, hab ich mich erschrocken. Vor meinem Stand steht ein Paar um die sechzig, die sich so ähnlich sehen, dass es nur Zwillinge sein können oder Eheleute, die ihr ganzes Leben miteinander verbracht haben. Beide strahlen gediegene Unscheinbarkeit aus. Das einzig Auffällige an ihnen ist der Umstand, dass sie Zuckerwatte wollen, da der normale Zuckerwattekunde unter dreißig ist. Mir fällt Harry, mein blasser, rothaariger Ex ein, der sich nach fünfzehn Jahren Ehe von mir wegen einer farblosen, mickrigen Blondine getrennt hat. Ich muss mich auf die Zuckerwatte konzentrieren, die inzwischen XXL-Format erreicht hat. „Sie können es sich erlauben." Ich reiche den schlanken, hoch gewachsenen Senioren die Zuckerwattestäbchen. „Vermutlich haben Sie nicht mal Diabetes."

„Um Himmelswillen, nein! Wir halten uns fit", sagt der Alte mit verschlagenem Grinsen.

„Mit Wandern", ergänzt die Frau und steckt ihre Nase in die klebrige Watte.

Ich schaue ihnen nach, bis sie in der Menge verschwinden. Auch Rudi beobachtet sie. Er lächelt mich an, als er meinen Blick bemerkt. Im Grunde ist er ein anständiger Kerl, nur abspecken müsste er und die dummen Sprüche lassen.

„Heute hole ich mir eine Erkältung", verkünde ich bibbernd.

„Ich bin Arzt und Krankenschwester in einer Person. Musst mich nur anrufen." Jetzt fängt er wieder an.

Ich halte besser die Klappe.

Am Abend leg ich mich in die Badewanne, aber es nützt nichts mehr. Ich verfluche alle Weihnachtsmärkte der Welt.

Am nächsten Morgen weckt mich mein Radiowecker mit der Nachricht: „... Weihnachtsmarktmörder geschnappt. Es handelt sich um die Eheleute Elvira und Erwin T. Beide haben die Morde gestanden."

Ein Ehepaar! Da sieht man wieder mal, was die Ehe aus den Leuten macht. Nach dem Frühstück pummle ich mich dick an und hole mir die Tageszeitung.

„Killersenioren gefasst!", lautet die Schlagzeile und darunter prangt ein Riesenfoto. Ich traue meinen Augen nicht. Es sind die durchtrainierten Alten, die gestern bei mir Zuckerwatte gekauft haben. Mit meiner Menschenkenntnis scheint es nicht weit her zu sein.

Ich überfliege den Artikel: Grausiger Fund im Schlafzimmer – Abgetrennte Körperteile in Einweckgläsern. Ehepaar schweigt zum Tatmotiv. Ein Polizeisprecher teilt mit, es bestehe ein Anfangsverdacht, dass das Paar in den illegalen Handel mit menschlichen Zellen und Geweben involviert sei.

„Unglaublich!“, sage ich zur Zeitungsfrau.

„Dabei sehen die ganz harmlos aus. Man kann eben nicht reingucken in die Menschen“, antwortet sie und beißt in ihr Wurstbrötchen.

„Vermutlich steckt Habgier dahinter. Wie viel man wohl für so einen Finger bekommt?“

Die Zeitungsfrau grinst. „Vielleicht wollten sie ihre Rente aufbessern. Man hätte sie länger arbeiten lassen sollen.“

„Die waren einfach noch zu fit, um den ganzen Tag auf der faulen Haut zu liegen.“

Auf dem Weg nach Hause beschließe ich, mich wieder ins Bett zu legen.

Ich werde die Schlechtigkeit der Welt betrauern und mit meiner Tochter telefonieren. Vielleicht rufe ich auch Rudi an. Einen Krankenpfleger brauche ich nicht, aber nach den Feiertagen könnte er mit mir Schlittschuh laufen gehen. Das hab ich seit mindestens zwanzig Jahren nicht mehr gemacht.

Inna Bykova-Maier

Das fotografische Gedächtnis

Ich stecke in Schwierigkeiten.

Ich kann nicht schlafen. Ich habe schon alles versucht: Ich bin gejoggt, habe Schnaps getrunken und Baldriantropfen eingenommen. Nichts hat mir geholfen. Und das Schlimmste bei all dem ist, dass ich nicht einmal meine Augen schließen kann. Denn mit geschlossenen Augen sehe ich Doris. Wie sie in sich versunken dasitzt, und an ihrem linken Mundwinkel einige Tropfen Blut zu sehen sind. Gewissensbisse habe ich nicht, das kann ich gleich sagen. Ich weiß nicht einmal, was das ist: Gewissen! Das Problem ist mein verdammtes fotografisches Gedächtnis. Wenn ich etwas einmal gesehen habe, speichert es mein Gedächtnis für immer. Und ich kann die Datei nicht mehr löschen. Manche werden sagen, ein gutes Gedächtnis ist schön und nützlich. Schön? Nützlich? Was habe ich davon, dass ich den *Erlkönig* jederzeit fehlerfrei rezitieren kann? Und nicht nur rezitieren: Ich kann es einfach von der Seite, auf der das Gedicht abgedruckt worden ist, Zeile für Zeile ablesen, als ob es vor mir liegen würde. Ich erinnere mich: Das Buch war nicht mehr neu, und die Seiten waren etwas gelblich geworden. Sogar das sehe ich ganz deutlich, aber wozu? Durch dieses verfluchte Gedächtnis habe ich meine Stelle verloren. Wie das? Ganz einfach: Ich habe die Frau unseres Chefs auf Pornobildern im Netz erkannt und wollte nur ein bisschen mit meinem phänomenalen Gedächtnis prahlen. Wer könnte schon wissen, dass Knut alles ausposaunen würde? Freundschaft nennt man das! Das ich nicht lache. Der Chef oder auch seine Frau fanden meine Begabung skandalös genug, um mich rauszuschmeißen. Natürlich geschah das unter einem angemessenen Vorwand. Betriebsbedingte Kündigung und so weiter. Aber den wahren Grund erkannte ich sofort. Und jetzt auch noch dieses Problem mit Doris! Sie sitzt einfach da, die Hände in den Taschen ihres Kapuzenpullovers vergraben, der Kopf gesenkt, ein kleiner dunkler Fleck etwas unterhalb der Rippen und das Blut am linken Mundwinkel. Gar nicht viel Blut, nur ein paar Tropfen. Aber das genügt. Ich weiß, sie ist tot. Mausetot. Überall laufen die Vorbereitungen für das Weihnachtsfest, Glühweinstände sind aufgebaut, Weihnachtsmärkte an jeder Ecke. Und es hat geschneit, Berlin liegt geradezu unter Schnee begraben.

Ich wollte bloß etwas mehr Münzen in meinen Taschen klimpern hören. Da gab es die Möglichkeit, in diesem blöden Laden mitzumachen. Wir waren zu zwölft: vier Männer und acht Frauen. Darunter war auch sie, Doris: unscheinbar, dunkelhaarig, klein und sehr leise. Für mich kam nur sie infrage: Sie war noch jung, ungebunden und sah passabel aus. Nichts Besonderes, aber doch annehmbar. Während die anderen Karten spielten oder belegte Brötchen vertilgten, saß sie ganz ruhig da und gab keinen Mucks von sich. Ich habe gehofft, dass sie wenigstens rauchte, doch auch das tat sie nicht. Trotzdem gab ich nicht auf und ging munter mit meinen Zigaretten zur Tür und wieder zurück. Manchmal pfiff ich sogar: „I just call to tell …“ Hundeelend habe ich mich schon immer kurz vor Weihnachten gefühlt. Dabei wünschte ich mir keine „enge Beziehung“, wie manche Leute in ihren Annoncen schreiben. Trotzdem geht mir Weihnachten irgendwie auf die Nerven. Wieder ist dieses Gedächtnis daran schuld: Mutter und ich und ein Tannenbaum. Es geht mir einfach nicht aus dem Kopf, dass man zu Weihnachten zu zweit sein muss. Mutter ist schon längst tot, und ein Tannenbaum allein konnte mir nicht viel helfen. Da ich in dem Kramladen diese Zicke Doris traf, dachte ich, mit ihr könnte es gelingen, Weihnachten zu überleben. Sie wird mich nicht mit der üblichen Quasselei belästigen, sie wird einfach dasitzen und ihre Klappe halten. Das ist schon etwas Positives, wenn eine Frau nichts sagt. Sie wäre bestimmt ganz nett auf einem Sofa sitzend anzuschauen, meinetwegen auch in der Ecke eines Sofas, meines Sofas, in meinem Zimmer.

Unsere Arbeit bestand darin, den Haushaltskram zu sortieren und die brauchbaren Stücke für die potentielle Kundschaft parat zu halten. So ein Laden war es eben. Die Kochutensilien hier, die Bücher da. Wir hatten zehn Wecker, vier Stühle, einen Hocker, zwei Telefonapparate, sechzehn Kochtöpfe und eine Unmenge an Besteck. Lars wollte das ganze Silberbesteck zur Seite schaffen, doch ich hatte diese Idee noch früher als er. Und während Mareke mit Lars darüber stritten, habe ich zwei Silberlöffel in meinem Ärmel versteckt. Für Tiramisu am zweiten Weihnachtstag. Natürlich wollte Mareke wie immer das Richtige tun. Schließlich drohte sie, dem Vorstand über Lars' Absicht zu berichten, und der gab nach. Aber dann machte er beim Rauchen seiner Wut Luft. Ein wahrer Künstler des Schimpfens war unser guter Lars. Das kann man schon sagen, auf so einen trifft man nicht jeden Tag. Leider war er mit einem Drachen verheiratet und kam somit als Geselle für die Feiertage nicht infrage. Philip war nur an Kreuzworträtseln interessiert und fragte zum Beispiel: „Wie nennt man einen Dorfbewohner und eine Schachfigur zugleich?“ Urs und Rose sangen das ewig gleiche Lied von der Miezekatze, die Speckwalze Evelyn strickte einen unansehnlichen Schal für ihren Alten, und draußen schneite es ununterbrochen. Das Ganze ging mir immer mehr auf die Nerven. Eindeutig mangelte es an

Unterhaltung, die ich dringend brauchte. So lief ich durch den Laden, versteckte ein Pickass in einem Topf, nahm dem Entzifferer der Kreuzworträtsel seinen Bleistift weg, schupste Rose, sodass sie sich ihre Zunge fast abbiss. Die Zicke Doris saß in der Ecke und verfolgte die Tätigkeiten der anderen mit großer Gleichgültigkeit. Manchmal sah ich eine Frage in ihrem Blick. Aber machte ich einen Schritt auf sie zu, flüchtete sie auf die Toilette oder ging einkaufen. Sie ließ mir keine Chance, mit ihr Kontakt herzustellen. Manche werden sagen, dies sei kein Grund, sie zu erstechen. Jenen Leuten möchte ich gerne etwas anderes beibringen. Es gehört sich einfach nicht, aus einer Ecke das Leben zu beobachten. Man darf es schlichtweg nicht. Am Tag davor lief ich wie ein hungriger Tiger quer durch den Laden, meinen Käfig. Draußen schneite es schon wieder. Es wurde dunkel, und einige Kollegen waren schon nach Hause gegangen. Doris sortierte irgendwelchen Kram. Ein scharfes Spickmesser legte sie auf das mittlere Brett des großen Regals. Ich merkte es mir beiläufig, ich wusste nicht, warum. Plötzlich tauchte Lars wieder auf. Er hatte Kuchen mitgebracht. Mit einem Stück davon wollte er Doris aus der Reserve locken. „Doris, der Kuchen ist da. Mmm, wie lecker!“ Allerdings war es ein gewöhnlicher Bienenstich, nichts Besonderes. Doris bedankte sich knapp und lehnte die Kuchenorgie ab. Da freute ich mich über ihren Widerstand und dachte, dass ich sie vielleicht doch noch kriegen werde. Nun wurde aber Lars zornig. „Doris, Doris, wie hast du mich enttäuscht“, und dann zu mir: „Was ist das für ein Huhn, das weder Eier legen noch glucken will?“ Wir waren nur zu dritt im Laden, und ich merkte, dass Doris Angst gekriegt hatte. Sie versteckte sich hinter dem großen Regal mit den Küchenutensilien. Da übernahm ich die Initiative und brachte Lars mit seinem Kuchen zur Tür. Schließlich war der Typ verheiratet, und ich musste mich um meine eigene Sache kümmern. Bis zum Ladenschluss hielt sich Doris versteckt. Dann aber gingen wir zusammen Richtung S-Bahn. Es schneite heftig, die ganze Stadt lag unter einer dicken, weißen Decke. Es gab keinen Ausweg. Wir wurden eingeschneit. Als wir einen Glühweinstand erreichten, bat ich sie, mit mir ein Gläschen zu trinken. Doris willigte ein. Ich fing an, die Schwierigkeiten eines Singledaseins zu schildern. Mit jedem meiner Worte verfinsterte sich ihr Gesicht. Plötzlich ließ sie ihr Glas stehen, warf mir trocken „Bis morgen" hin und verschwand im Schneegestöber. Da wurde es mir zu viel. Wer einen menschlichen Umgang nicht versteht, ist ein Unmensch und verdient eine Strafe.

Am nächsten Tag kam eine Lieferung. Alle, außer Evelyn, Philip, Doris und mir eilten zur Tür. Die Kisten mit allerlei Kram mussten angenommen werden. Doris versteckte sich vor Lars hinterm großen Regal, das sie für die anderen unsichtbar machte. Evelyn strickte, diesmal eine Kinderjacke. Philip schwitzte über einem neuen Rätsel. Ich ging mit den anderen bis zur Tür, sagte, ich hole geschwind meine Jacke. Ich kehrte zurück, zog einen Handschuh über die rechte Hand, schnappte im Vorbeigehen das scharfe Spickmesser, das auf dem mittleren Brett lag, stach Doris links in die Brust und schlich danach auf die Toilette. Dort wusch ich die Klinge ab, da waren nur ein paar Tropfen Blut und braune Fäden von ihrem Kapuzenpulli, trocknete diese mit dem Toilettenpapier, spülte es hinunter. Ich legte das Messer zurück ins Regal, zog den Handschuh aus, nahm meine Jacke und ging zur Ladentür. Ein Blick, den ich einmal in der Schule in einen anatomischen Atlas geworfen hatte, war für meinen Zweck vollkommen ausreichend gewesen. Ihr Herz verfehlte ich nicht. Alle standen noch auf der Straße und redeten durcheinander. Keiner bemerkte meine Verspätung. Wenn es nötig ist, kann ich verdammt schnell sein. Ich zündete mir eine Zigarette an und gesellte mich zu Lars und Urs. Erst schaute mich Lars so ziemlich finster an, dann aber sagte er grinsend: „Gestern du, heute ich." Bestimmt hat er Doris gemeint. Ich stimmte ihm zu. Dann fingen wir an, die Kisten in den Laden zu schleppen. Keiner kümmerte sich um Doris, die unsichtbar blieb. Gierig sortierte man den angekommenen Kram aus den aufgelösten Haushalten. Zwei Stunden verstrichen. Doris wurde immer noch nicht entdeckt. Es war unerträglich, darauf zu warten. Mich juckte es, zu sagen: „Leute, wir haben eine frische Leiche im Laden!" Nur mit Mühe zügelte ich meine Zunge. Ein Elefantengedächtnis mit sich herumzuschleppen ist kein Spaß, sage ich euch!

Dann kam, wie gerufen, ein Postzusteller. Er bat um Erlaubnis, durch unsere Räume zum Hof zu gehen. Mareke ließ ihn rein. Der Typ wanderte durch den Laden und verirrte sich in unserem Regaldschungel. Ihn haben alle gesehen: Brillen, Bart, eine dicke Tasche. Er war es bestimmt! Nicht ich. Und was noch wichtig war, Mareke ließ ihn rein, und kein anderer. Das tat sie trotz eines ausdrücklichen Verbots, dritte Personen, außer der Kundschaft, die unseren Superladen mied, hereinzulassen. Also war es die gute Mareke, die die Vorschriften nicht beachtete. Von Zeit zu Zeit schaute ich die ruhig dasitzende Doris verstohlen an. Sie saß unbeweglich, wie immer. Nur an einigen Tropfen Blut in ihrem linken Mundwinkel und an einem kleinen dunklen Fleck links auf ihrem Pulli konnte man merken, dass etwas mit ihr nicht stimmte. Sie war schon immer so leise und still, dass man sie gar nicht vermisste. Ich dachte mir, man werde sie erst nach den Feiertagen entdecken, wenn sie schon stinken würde. Wie stumpfsinnig manche Leute sind! Sie sehen nicht einmal, wenn jemand tot ist. An dem Tag hatte ich die Frühschicht und ging früher nach Hause.

Am nächsten Tag war der Laden abgesperrt, und ein unerbittlicher Polizist bewachte die Ladentür. Mareke heulte, und Lars sah mitgenommen aus. Ich spielte den Ahnungslosen und erkundigte mich nach dem Grund des allgemeinen Aufruhrs. Ich erfuhr, Doris sei erstochen worden. Die Polizei suchte zwei Verdächtige: Einen Postzusteller, der an jenem Morgen nicht zur Arbeit erschien, und einen Mann, der am Abend zuvor als Kunde in den Laden gekommen war und lange in den Kisten gewühlt hatte. Unter Schluchzen sagte Mareke, der Mann sei ihr sofort verdächtig erschienen. Danke, Mareke, du hast mir sehr geholfen. Nun wirklich, manchmal weiß ich nicht, wie ich mich bei gewissen Leuten bedanken soll. Die Wahrheit durfte sowieso nicht ans Tageslicht kommen. Nachdem ich mit den anderen lange genug vor der Ladentür gestanden hatte, ging ich in die Kneipe. Den glücklichen Zufall, der mich entlastete, wollte ich feiern. Fröhlich kam ich nach Hause und legte mich hin.

Noch zehn Tage blieben bis zum Heiligen Abend. Es gab keinen Grund, mein Vorhaben, Weihnachten nicht allein zu verbringen, aufzugeben. Ich schloss meine Augen und sah plötzlich Doris, die schweigsame Doris, die etwas nach links gebeugt auf dem Stuhl sitzt. Ein kleiner dunkle Fleck auf ihrem braunen Kapuzenpulli, links unter den Rippen, und einige Tropfen Blut am linken Mundwinkel. Ihre Augen waren zu, und auch der Mund, den sie zu Lebzeiten so selten aufgemacht hatte. Was hatte ihr das Schweigen geholfen? Man musste sich den Anforderungen des Alltags stellen. Man musste sich zu dieser oder jener Frage äußern. Man musste aktiv sein. Und was hatte sie getan? Sie saß nur herum und schwieg. Schweigst du immer noch, Doris? Da, wo du jetzt bist, darfst du meinetwegen auch für immer und ewig stumm sein. So dachte ich und wälzte mich auf dem Sofa. Ich fand keinen Schlaf. Hätte sie sich zumindest im letzten Augenblick gewehrt, geschrien. Dann hätte ich sie vermutlich auch nicht getötet. Aber nein! Sie war genauso stumm gestorben, wie sie gelebt hatte. Und das konnte ich nicht ertragen. Sie hätte sich verteidigen müssen, sie hätte gegen mich kämpfen müssen. Um ihr verdammtes Leben kämpfen. Warum hat sie es nicht getan?

Da ich diese Frage nicht beantworten kann, finde ich auch heute keine Ruhe. Sobald ich meine Augen schließe, sitzt sie da, tot und stumm. Mein verdammtes fotografisches Gedächtnis wendet sich gegen mich. Zum Arzt kann ich nicht gehen. Ich würde mich verraten. Man würde mich aushorchen, überführen und verhaften. Das will ich nicht. Aber ich brauche dringend Hilfe. Die tote Doris kann ich einfach nicht mehr sehen, sonst werde ich noch verrückt. Helft mir doch!

REINHARD GEORG STARZNER

Der Schlitzer

Tief im Friedrichshain, abseits der Straßen, wo die jungen Hipster aus einem Szenelokal ins nächste gespült werden, und biologisch-dynamische Mütter ihren Nachwuchs in stylishen Kinderwagen über die holprigen Gehsteige kutschieren, ist Grau die vorherrschende Farbe.

In diesem Grau lebt Vera.

Ein Leben, herübergerettet aus einer anderen Zeit, konserviert in einem grauen Haus, dritte Treppe links, Zwei-Raum-Wohnung, Ofenheizung.

Vera ist nicht weiter darüber erstaunt, als Mitte Dezember die ersten Nachrichten über den Schlitzer gebracht werden; eine Gesellschaft wie die da draußen produziert nun einmal solche Subjekte.

Doch dann, als die Meldungen über die Überfälle sich häufen, und das Handlungsfeld des Schlitzers sich ausdehnt und näher und näher an Veras schützenden Kokon heranzurücken droht, beginnt die Angst von ihr Besitz zu ergreifen.

22. Dezember
Zum zweiten Mal an diesem Nachmittag unterbricht der RBB das vorweihnachtliche Programm für eine aktuelle Meldung.

„Wie berichtet, fahndet die Polizei nach einem Mann, der in den Medien inzwischen als ‚der Schlitzer' bezeichnet wird. Der Unbekannte schlug im Dezember acht Frauen mit ganzen, beziehungsweise abgebrochenen Glasflaschen ins Gesicht. Immer griff er ohne Vorwarnung an. Die Opfer erlitten zum Teil schwere Gesichtsverletzungen …"

„Meine Güte, acht Frauen, und alle hier im Bezirk“, denkt Vera in ihrem Sessel. Womöglich wäre es klüger, Dorotheas Einladung zu Stollen und Kaffee auszuschlagen? Wenn Vera an den Rückweg nach Hause denkt, allein und im Finstern, überläuft sie ein kalter Schauder.

Sie greift zum Telefon. „Dorothea? Hast du gehört? Acht Frauen sind diesem Wahnsinnigen jetzt schon zum Opfer gefallen. Meinst du nicht, wir sollten unser Treffen verschieben bis sie ihn gefasst haben?“

Nach dem Telefonat ist Vera verärgert. Der Schlitzer habe bisher immer nur junge Frauen angegriffen, hatte Dorothea bemerkt. Sie glaube kaum, dass sie etwas zu befürchten hätten – in Dorotheas Stimme hatte ein belustigter Unterton gelegen.

Vera sieht auf die Küchenuhr: kurz vor drei. Vielleicht sollte sie ihre Weihnachtseinkäufe jetzt erledigen, dann müsste sie bis nach den Feiertagen überhaupt nicht mehr aus dem Haus. Sie schaltet den Fernseher aus. Beim Aufstehen durchfährt ein stechender Schmerz ihre arthritischen Knie. Sie zieht ihren Mantel über und greift sich den alten Dederonbeutel. Der ist reichlich verschlissen, aber Vera würde es im Traum nicht einfallen, mit einer dieser grell bedruckten Plastetüten herumzulaufen.

Sie öffnet die Haustür und blickt misstrauisch von links nach rechts, dann trippelt sie los. In ihrem grauen Mantel fällt sie zwischen den Häusern mit den abblätternden Fassaden kaum auf, sie wird von der grauen Umgebung förmlich verschluckt. Braunkohlegeruch erfüllt die Luft, der Himmel hängt bleigrau und viel zu tief. Vera geht etwas schneller, in der Hoffnung, zurück zu sein, bevor es dunkel wird. Sie überquert die Kreuzung am Ende der Straße und passiert den verwaisten Spielplatz. An der Dönerbude rechts lungert eine Gruppe dunkelhaariger junger Männer herum. Sie unterhalten sich lachend auf türkisch. Als Vera an ihnen vorübergeht, spuckt der eine auf den Boden aus. Vera zuckt zusammen und beschleunigt nochmals ihre Schritte.

Vor der ehemaligen Kaufhalle, die jetzt einen Discounter beherbergt, hocken zwei Vietnamesen und verkaufen Schmuggelzigaretten. Vera hat den ‚Fidschis', wie sie sie abfällig tituliert, noch nie über den Weg getraut, schon früher nicht, als man sie als Vertragsarbeiter massenweise ins Land geholt hatte.

In der Kaufhalle benötigt Vera nicht viel Zeit. Die wenigen Dinge, die sie braucht, hat sie schnell beisammen. Noch kein einziges Mal ist sie der Versuchung erlegen, zu einem der vielen überflüssigen Produkte zu greifen, die heutzutage die Regale überquellen lassen. Sie schiebt ihren Einkaufswagen Richtung Kasse und reiht sich in die lange Schlange ein. Ob Weihnachten oder nicht, die Leute scheinen nichts anderes zu tun zu haben als einzukaufen. Während sie wartet, überfliegt sie kopfschüttelnd die Titelseiten der Blätter, die im Zeitungsständer an der Kasse ausliegen.

„Psychologen mutmaßen, dass der ‚Schlitzer' ein Mann sein muss, der Frauen hasst, möglicherweise wegen eines unverarbeiteten Mutterkomplexes. Es könnte sich auch um jemanden handeln, der Wahnvorstellungen hat …", liest sie.

Auf dem Heimweg beginnt es zu regnen, die Temperatur liegt nahe dem Gefrierpunkt. Wenn es nur kein Blitzeis gibt und sie ausrutscht!

Sie erreicht ihr Haus, bevor der Regen in einen unangenehmen Graupelschauer übergeht. Im Treppenhaus ist es düster, die Flurbeleuchtung funktioniert seit Wochen nicht. Vera lauscht vorsichtshalber einige Sekunden nach ungewöhnlichen Geräuschen, bevor sie die Treppen hinaufsteigt. Oben angekommen, stellt sie den Einkaufsbeutel ab und kontrolliert die Wohnungstür sorgfältig nach verdächtigen Spuren. Das tut sie regelmäßig, seit im vergangenen Sommer eine Etage tiefer eingebrochen wurde. Eines der unteren Holzpaneele der Tür war herausgetrennt worden. Für Vera gibt es keinen Zweifel, wer die Täter gewesen sein müssen, denn ihrer Ansicht nach sind nur die ‚Fidschis' klein und wendig genug, um durch eine so schmale Öffnung hindurchschlüpfen.

Vera schließt die Tür hinter sich und dreht den Sicherheitsriegel zweimal herum, wie immer. Zusätzlich legt sie noch die Kette vor. Sie hängt ihren nassen Mantel auf und schlurft in die Küche, um die Einkäufe auszupacken. Nebenher schaltet sie das Fernsehgerät ein.

„... glaubt man inzwischen, mehr über den ‚Schlitzer' zu wissen: Am 15. Dezember begann seine Angriffsserie, als er in der Straßmannstraße versuchte, eine Frau auszurauben. Er stieß sie zu Boden und bedrohte sie mit einer abgebrochenen Flasche. Da die Beute des Raubüberfalls nur gering ausfiel, ist der Täter möglicherweise zu weiteren Anschlägen animiert worden, mutmaßt ein Ermittler ..."

23. Dezember

Vera fröstelt, als sie das Bett verlässt. Ihr Vorrat an Briketts ist nahezu aufgebraucht, und ihre Kniegelenke schmerzen wie die Hölle. Heute Abend wird sie Grünberg von oben bitten müssen, ihr die Kohlen aus dem Keller hochzubringen.

Sie kennt keinen der neuen Mieter im Haus, auch über Grünberg aus der Wohnung über ihr weiß sie kaum etwas. Trotzdem: Wenn sie ihm im Treppenhaus begegnet, grüßt er sie höflich. Am Morgen hört sie ihn regelmäßig das Haus verlassen, abends gegen 20.00 Uhr zurückkommen.

Sie schiebt die letzten Briketts in den Ofen, dann lässt sie sich in den Sessel fallen und beginnt ihre schmerzenden Knie zu massieren. Ihr Blick schweift über den Tisch: ein Stapel älterer Ausgaben des *Neuen Deutschland*, ein paar angebrochene Medikamentenschachteln, das Telefon.

Ob Jana sich diese Weihnachten meldet?

Veras Blick wandert weiter zur Schrankwand mit dem dunklen Eichenholzfurnier. Von einem vergilbten Foto lächelt ihr das Gesicht einer jungen Frau entgegen.

Jana war geboren worden, als Vera achtundzwanzig war. In der Klinik sprachen sie von einer Spätgebärenden. Wenn Vera daran denkt, in welchem Alter die Frauen heutzutage ihre Kinder kriegen …

Horst hatte sich noch vor Janas Geburt aus dem Staub gemacht. Das war anfangs nicht einfach für Vera gewesen. Aber auf den Staat war Verlass: Jana war in der Krippe gut untergebracht, und Vera hat ihre Arbeit im Kombinat schnell wieder aufnehmen können. Jana gab schon früh Anlass zur Hoffnung auf eine erfolgreiche Sportlerinnenkarriere. Dementsprechend wurde sie auch gefördert – und gefordert. Was für Chancen ihr offen standen! Trotzdem ging sie, gleich nachdem Ungarn die Grenze geöffnet hatte – und kehrte nie wieder zurück.

Vera starrt so lange auf die Fotografie ihrer Tochter, bis das Bild vor ihren Augen verschwommen und schließlich ganz grau wird, alles grau wird, die Vergangenheit, die Gegenwart.

Es klingelt. Vera schreckt auf. Ihre Finger tasten durch das Grau, das sich wie Nebel verflüchtigt, nach dem Telefonhörer.

Dorothea ist am Apparat. „Es ist schon wieder eine Frau angegriffen worden, gestern Abend, direkt bei dir um die Ecke, Vera!“

Das sind wirklich beunruhigende Neuigkeiten. Vera schleicht zum Fenster und späht zwischen den Gardinen auf die Straße hinunter. Draußen sind kaum Menschen unterwegs. Es ist erst früher Nachmittag, doch beinahe schon wieder dunkel. Bei diesem Wetter hat der Schlitzer sogar während des Tages leichtes Spiel.

Sie schaltet den Fernseher an. Im RBB bringen sie gerade eine weitere Nachricht über die Angriffe des Schlitzers.

15. Dezember, 20.30 Uhr, Wühlischstraße: Im Vorbeilaufen schlägt der Mann der 25-jährigen Judith S. mit einer Flasche ins Gesicht.

19. Dezember, 19.45 Uhr, ebenfalls Wühlischstraße: Daniela W., 51, bemerkt den Täter, der mit der rechten Hand zum Schlag mit einer abgebrochenen Flasche ausholt. Sie hält ihre Hände vor ihr Gesicht und erleidet Schnittwunden.

22. Dezember, 21.00 Uhr, Dolziger Straße: Olena P., 60, wird von einem Vermummten bis vor ihre Wohnungstür verfolgt, wo er das Gesicht der Frau blutig schneidet.

Tatsächlich: Dolziger Straße. Wann, haben sie gesagt? 21.00 Uhr? Vera versucht sich den gestrigen Abend in Erinnerung zu rufen. Hat sie draußen irgendwelche Schreie gehört? Sie ist sich nicht sicher. Am Abend sind auf der Straße nicht selten Betrunkene unterwegs, deren Grölen schwer von einem Hilferuf zu unterscheiden ist.

Gegen 19.00 Uhr dreht Vera den Fernseher leiser, um nicht zu überhören, wenn Grünberg nach Hause kommt. Sie wartet bis kurz nach 20.00 Uhr. Die letzten Briketts im Ofen sind längst verglüht, bis sie sich entschließt, selbst in den Keller zu gehen. Sie sucht nach einer Kerze und zieht sich eine alte Strickjacke über. Mit dem Kohleneimer in der Hand macht sie sich auf den Weg nach unten.

Wie die Treppenhausbeleuchtung funktioniert auch das Kellerlicht nicht, undurchdringliches Schwarz gähnt Vera entgegen. Aber: Warum steht die Tür zum Keller offen? Wer ist dort unten? Dann hört sie ein Fluchen, zweifellos Grünbergs Stimme. Was für ein glücklicher Zufall! Sie beginnt die steile Treppe hinunter zu steigen, eine Hand fest um das Geländer geschlossen.

Am Ende des Kellers huscht der Lichtkegel einer Taschenlampe hin und her. Vera erkennt Grünberg, und wie er sich mit einem Lappen seine blutrot verschmierten Hände abwischt. Das Licht streift kurz eine abgebrochene Glasflasche.

Vera unterdrückt einen Aufschrei. Vorsichtig beginnt sie, sich zurück zu bewegen, steigt die Stiegen rückwärts nach oben, versucht, kein Geräusch zu verursachen. Im Treppenhaus läuft sie, so schnell wie es ihre schmerzenden Knie erlauben. Nach der zweiten Treppe muss sie eine Pause einlegen. Sie horcht, ob Grünberg ihr folgt, kann aber nichts, außer ihr eigenes Keuchen, hören.

Endlich erreicht sie ihre Wohnung. Sie schlüpft hinein, zieht die Tür hinter sich zu und schiebt den Sicherheitsriegel vor. Schwer atmend und mit zitternden Knien lauscht sie.

Grünberg poltert die Treppen hoch und bleibt stehen. Vor ihrer Wohnung. Stocksteif, den Rücken an die Tür gepresst, hält sie den Atem an.

Grünberg läuft weiter. Oben hört sie seine Wohnungstür zuschlagen.

Vera ist völlig durcheinander. Sie hastet ins Wohnzimmer, schleift den schweren Sessel zur Tür, stapelt Pfannen und

Töpfe darauf. Falls Grünberg heute Nacht gewaltsam in ihre Wohnung einzudringen versucht, wird sie der Lärm hoffentlich wecken.

24. Dezember
Es ist eiskalt, und Vera bleibt länger als üblich im Bett liegen. Sie horcht auf Geräusche aus Grünbergs Wohnung, wartet darauf, dass er endlich das Haus verlässt. Dann fällt ihr ein, dass Heiligabend ist.

Sie rappelt sich aus dem Bett hoch und wickelt die Decke um ihren Körper. In der Küche brüht sie sich einen starken Bohnenkaffee auf und schaltet den RBB ein.

„... hat der berüchtigte ‚Schlitzer' gestern Abend erneut zugeschlagen. Wieder in der Nähe der Dolziger Straße drängelte sich der Täter gegen 20.00 Uhr von hinten zwischen der 50-jährigen Bettina V. und ihrer Schwester durch. Er stößt ihr einen abgebrochenen Flaschenhals ins Gesicht, wobei er sich, laut Aussage der beiden Frauen, selbst an der Hand verletzte."

Vera klammert sich vor Entsetzen ans Küchenbuffet. Zwanzig Uhr, Dolziger Straße, verletzte sich selbst an der Hand.

„Die Polizisten der örtlichen Abschnitte sind angewiesen, bei neuen Angriffen am Tatort Glassplitter der Flaschen zu sichern. An ihnen haften möglicherweise Fingerabdrücke und DNA-Spuren des Täters."

Vera überlegt, ob es jetzt nicht allerhöchste Zeit wäre, die Polizei über Grünberg zu benachrichtigen. Aber was, wenn man ihre Aussage ins Lächerliche zieht? Ihr Leben lang hat sie sich aus allem herausgehalten. Nicht auffallen, dann kann man nicht reinfallen.

Vielleicht soll sie Dorothea um Rat fragen. Sie wählt deren Nummer, legt aber gleich wieder auf. Nein, Dorothea ist mit

Sicherheit nicht die Richtige, um sich in dieser Sache zu besprechen.

Am späten Nachmittag ist es in der Wohnung so kalt, dass Vera in Mantel, Schal und Handschuhen in der Küche auf- und abwandert. Sie muss jetzt in den Keller gehen und Briketts holen.

Sie sucht vergeblich nach dem Kohleneimer. Vermutlich hat sie ihn in ihrer Panik gestern unten vergessen. Sicherheitshalber stopft sie den Dederonbeutel in ihre Manteltasche.

Vor der Kellertür zögert sie. Wenn Grünberg sie dort unten überraschen würde? Einige Sekunden lauscht sie angespannt nach verdächtigen Geräuschen, dann steigt sie hinab ins Dunkle.

In ihrem Kellerabteil füllt sie den Dederonbeutel hastig mit Briketts. Sie ist schon auf dem Rückweg zur Treppe, als sie einen Einfall hat. Am Ende des Kellergangs, wo Grünberg sich das Blut abgewischt hatte, entzündet sie ein Streichholz. Auf den ersten Blick kann sie keine Spuren entdecken. Sie geht ächzend in die Knie und reißt ein weiteres Streichholz an. Und tatsächlich: Da liegen mehrere Glasscherben. Sie breitet ihren Schal aus und sammelt mit spitzen Fingern einen nach dem anderen Splitter auf. Vorsichtig faltet sie den Schal zusammen und schiebt ihn in die Manteltasche. Sie wird die Scherben zur Untersuchung der nächsten Polizeidienststelle übergeben. Als Vera sich wieder in aufrechte Position hievt, scheinen ihre Knie den Dienst zu versagen. Unter Stöhnen schleppt sie sich die Kellertreppe hoch. Und dann: Schritte im Treppenhaus.

Ein Husten: Grünberg!

Vera schreit auf. Sie lässt den Beutel mit den Briketts fallen und stürzt zur Haustür. Eisregen schlägt ihr ins Gesicht.

„He, warum rennen Sie weg?“

„Bleiben Sie mir vom Leib!“, kreischt Vera. „Ich weiß, dass Sie der Schlitzer sind, ich habe Sie mit der abgebrochenen Flasche gesehen.“ Schon ist sie hinaus, schlittert den spiegelglatten Gehsteig entlang.

„Reden Sie von dem Rotwein?”, ruft ihr Grünberg hinterher. „Der war eigentlich für Sie, leider ist mir die Flasche heruntergefallen. Fröhliche Weihnachten übrigens!”

Vorne an der Kreuzung steht ein Mann, dem Himmel sei Dank.

„Hilfe!”, krächzt Vera. „Helfen Sie mir! Der Schlitzer …“ Sie fällt dem Fremden geradezu in die Arme.

Für den Bruchteil einer Sekunde sieht sie den abgebrochenen Flaschenhals spitz und gefährlich aufblitzen. Der Mann stößt sie brutal zu Boden.

Vera liegt ausgestreckt auf dem eisigen Pflaster. Von ihrer Stirn fließt es heiß und rot in ihre Augen; ihr Blick trübt sich. Als das glühende Rot zu vertrautem, einschläferndem Grau wird, spürt sie nichts mehr.

Claire Horst

Die Putzfrau

Aus. Vorbei. Nie wieder. Schulze war tot.

Seine kleinen Kinder taten ihr leid. Ausgerechnet an Weihnachten. Gerade waren sie mit ihm auf dem Weihnachtsmarkt am Alexanderplatz gewesen, wo er ihnen sicher einen Vortrag über die Ossis gehalten hatte, die immer noch alles kauften, was sie kriegen konnten. Gerade hatten sie mit ihm die nächste Reise in die Karibik geplant. Und gerade hatte sein Sohn eine neue Geige bekommen und würde nun jeden Tag üben müssen. Schulze war ein typischer Zehlendorfer, dachte Sevgi voller Abscheu. Gewesen, verbesserte sie sich. Er war ja tot.

Seine Kinder hatten nun vielleicht eine Chance, anders zu werden als ihr Vater. Obwohl seine Frau kaum Hoffnung machte auf eine Erziehung, die weniger materialistisch und eingeschränkt wäre. Sie hatte heute überhaupt zum ersten Mal mit ihr, der Putzfrau, gesprochen. Sicher hatte Schulze eine gute Lebensversicherung gehabt. Damit konnte seine Frau ein paar schöne Nachmittage in den Galeries Lafayette verbringen.

Sonst war sie nicht so verächtlich, dachte Sevgi, und vor allem nicht so frauenfeindlich. Bei Stefanie Schulze konnte sie sich aber keine anderen Interessen vorstellen als Shoppen und Cocktails trinken. „Wie konnte das passieren, Sevgi“, hatte Stefanie Schulz am Telefon geheult.

„Was für ein langweiliger Name, Stefanie Schulz“, hatte Sevgi gedacht, während sie mit einer Hand den Hörer hielt und mit der anderen ihre Kündigung auf Schulzes Schreibtisch legte.

„Im Winter gibt es doch gar keine Bienen“, schluchzte Stefanie Schulz. „Und er war doch immer so vorsichtig, Sevgi.“

„Sie kennen ja doch meinen Namen“, hatte Sevgi gesagt und aufgelegt. Dann hatte sie ihre Sachen gepackt und das Büro verlassen. Es war höchste Zeit. Seit sechs Jahren putzte sie schon bei Schulze und Meinbach, und das waren eindeutig sechs zu viel. Die beiden Rechtsanwälte hatten ihre Arroganz nie abgelegt, auch wenn sie ihr inzwischen manchmal einen guten Morgen wünschten. Und ihren Nachnamen wussten sie immer noch nicht. Özdogan war doch gar nicht so schwer, oder? Dass die meisten Deutschen ihren Namen nicht richtig aussprechen konnten, daran hatte sie sich schon gewöhnt. Obwohl es schon ärgerlich war, das ‚th‘ in ‚Smith‘ bekamen sie doch auch einigermaßen hin. Englisch hielten sie eben für eine richtige Sprache – im Gegensatz zum Türkischen.

Sevgi hatte die Schnauze voll. Genau wie die Anwälte hatte sie Abitur, sie sprach sogar besser Englisch als die beiden. Gut, sie war noch immer Studentin, na und? Sie hatte eben keinen Vater, dessen Kanzlei sie übernehmen konnte wie Thomas Schulze, der wahrscheinlich auch nie gearbeitet hatte während seiner Studienzeit. Wenn sie schon an ihn dachte, kam die Wut wieder hoch. Von Anfang an hätte sie alles anders machen sollen. Schon in der ersten Woche hatte er nach ihrem Vornamen gefragt. „Sevgi“, hatte sie gesagt, und auf seinen Vornamen gewartet. Aber da war nichts gekommen. Von da an hatte er sie geduzt. Und sie war beim „Sie“ geblieben – dabei war er höchstens zehn Jahre älter als sie.

Und dieses Büro. Schick sah es aus, schick war auch die Lage. Direkt an der Charlottenburger Kantstraße lag es, dort, wo wohlhabende Klienten gern einen Termin wahrnahmen. Dann konnte man gemeinsam in eines der vornehmen, internationalen Restaurants gehen, wenn die Besprechung zu Ende war, oder man besprach sich gleich dort, ein Tête-à-Tête in ungezwungener Atmosphäre zwischen dem Anwalt und seinem jeweils aktuellen Wirtschaftskriminellen.

Für Sevgi war die Lage auch ein Vorteil gewesen, als sie nach einem Studentenjob gesucht hatte, damals im ersten Semester. Die Kantstraße lag zwischen FU und Kreuzberg, wo sie damals wie heute wohnte, und war für sie gut zu erreichen. Und was für eine langweilige Gegend das war, hatte sie als Neuberlinerin noch gar nicht gewusst. Eine Büroassistentin hatten sie gesucht, Schulze und Meinbach. Endlich bringt die Handelsschule mal einen Vorteil, war ihr erster Gedanke gewesen. Dass sie Steno und Maschineschreiben gelernt hatte, war ihr bis dahin vollkommen sinnlos erschienen. Aber bei den Heinzelmännchen, der studentischen Jobvermittlung, fand man das gut. Österreich war noch traditionsverbunden, hier in Berlin konnte das kaum einer, hatte man ihr gesagt. Bestens qualifiziert und voller Hoffnung war Sevgi zum Vorstellungsgespräch gegangen. Gerade mal 20 war sie da gewesen, aufgeregt, dezent geschminkt und in einem Kostüm, wie das von einer Bürokraft erwartet wurde.

Der gar nicht alte Mann, der sie empfangen hatte, sah aus wie ein Vertreter des RCDS, des CDU-nahen Studentenverbundes. Mit seinen gegelten Haaren, dem schwarzen Anzug und den polierten schwarzen Halbschuhen war er das Klischeebild eines konservativen Juristen. Und er war auch einer. „Sind Sie die neue Putzfrau?“, hatte er gefragt. Später hatte Sevgi gelacht bei dem Gedanken, dass sie Schulze eine RCDS-Mitgliedschaft zugetraut hatte. Eine unbezahlte Tätigkeit hätte der nie übernommen. Für die Kontakte hatte er bessere Verbindungen. Und er legte Wert auf gute Bezahlung. Schon deshalb war er Fachanwalt für Wirtschaftsrecht und nicht etwa Asylrechtsexperte. Das hatte sie damals noch nicht gewusst – es war aber nicht schwer zu erraten.

„Ich interessiere mich für die Stelle als Büroassistentin", hatte sie gesagt und sich gefragt, ob Schulze nicht über ihre Verabredung informiert war.

„Die Stelle ist schon weg", war seine Antwort gewesen, „aber wir brauchen eine Putzfrau. Putzen können Sie doch, oder?"

In dem Tiroler Kaff, in dem sie aufgewachsen war, wäre ein solcher Spruch keine Überraschung gewesen. Hier in Berlin hatte sie trotzdem etwas anderes erwartet. Das war doch eine multikulturelle Stadt, es gab türkische Sozialvereine, Ärzte, Sozialarbeiterinnen, und trotzdem war sie hier die Putzfrau? Im ersten Moment wäre sie fast wieder gegangen. Aber das war schon ihr drittes Vorstellungsgespräch, und abgesehen von Callcenter-Jobs gab es kein sehr großes Angebot. Also hatte sie zugesagt. Es wäre ja nur für kurze Zeit, hatte sie gedacht. Sie würde hier ein bisschen putzen und dann etwas anderes finden. Schließlich ging es nur um einen Nebenjob, um ihr Studium zu finanzieren.

Und jetzt war sie immer noch hier, nicht zu fassen. Irgendwie hatte sie sich damit abgefunden, dreimal in der Woche Schreibtische abzuwischen, Mülleimer auszuleeren und Kaffee zu kochen. Immerhin durfte sie Kaffee trinken, soviel sie wollte. Das war das höchste Zugeständnis an eine türkische Putzfrau, das Schulze und Meinbach sich vorstellen konnten. „Wahrscheinlich trinkst du sowieso lieber Tee, oder?", hatte Schulze sie in der ersten Woche gefragt. „Vielleicht legen wir uns für dich mal einen Samowar zu." Er fand sich unheimlich menschenfreundlich und interkulturell versiert. Dass die Türken Tee tranken, hatte er bei einer Reise ans türkische Mittelmeer herausgefunden. So freundlich seien die in seinem Hotel gewesen, hatte er ihr begeistert erzählt, und alle konnten so gut Englisch und Deutsch. Ganz anders als die Türken in Berlin waren die echten Türken richtig gebildet, und das Essen bestand auch nicht nur aus Döner und Falafel. Falafel kommt nicht aus der Türkei, hatte sie eingewendet. Sage ich doch, war seine Antwort gewesen.

Komisch, dass er sie nie auf Österreich ansprach. In der Uni amüsierten sich alle, wenn sie „ein E-Mail" und „ein Cola" sagte. Für ihn war das wahrscheinlich nur ein Zeichen dafür, dass sie als Türkin eben doch nicht so gut Deutsch sprach, und wahrscheinlich lachte er dann innerlich über ihre absurde Vorstellung, als Bürokraft in seiner Kanzlei anzufangen.

Ihre Eltern und Freundinnen fanden etwas anderes absurd: Dass sie putzen ging. „Musst du alle Türkenklischees erfüllen?", hatte ihr Medizinervater gefragt. „Du kannst doch noch nicht einmal putzen. Dein Zimmer ist eine Katastrophe, du weißt doch noch nicht einmal, wie man einen Putzlappen hält." Das wusste sie inzwischen, immerhin. Putzen konnte sie jetzt. Sie konnte bohnern, Möbel abstauben, Fenster putzen, wischen, Kochplatten polieren, Messing reinigen, Spinnweben frühzeitig erkennen und entfernen, Fugen reinigen und Parkett pflegen. Eine etwas geringe Ausbeute an neu erworbenen Qualifikationen in sechs Jahren.

Dass sie keine andere Stelle fand, glaubte ihr Vater ihr bis heute nicht. Seine Berliner Bekannten waren Ärzte wie er, oder wenigstens hatten sie ihr eigenes Unternehmen. Und sie hatte ja auch geglaubt, dass sie schnell etwas anderes finden würde. Aber in Berlin gab es so viel anderes zu tun. Neben dem Germanistikstudium verbrachte sie viel Zeit in der Fachschaft, ging zu Demonstrationen, und ausgehen wollte sie schließlich auch noch. Dass sie ein geregeltes Einkommen hatte und nicht von ihren Eltern abhängig war, reichte ihr meistens. Auch wenn sie sich dafür von diesem Schnösel duzen lassen musste.

Weihnachten hatte schon immer zu den nervigsten Zeiten gehört bei Schulze und Meinbach. Nicht nur, dass im Büro dann ein ständig nadelnder Weihnachtsbaum stand. Nicht nur, dass Schulze sie jedes Jahr fragte, ob es denn nicht sehr einsam sei für sie, wenn alle anderen Weihnachten feierten. Nicht nur, dass er immer wieder verwundert war, dass sie auch ihre Eltern besuchte, nein, nicht in der Türkei, in Kufstein. Besonders nervig war an Weihnachten, dass die Anwälte dann plötzlich so nett zu ihr waren. Im letzten Jahr hatten sie sie zum ersten Mal zur Betriebsfeier eingeladen. Das ist unsere Putzfrau, hatte Schulze sie seiner Frau vorgestellt. Höchstens Mitte Dreißig waren die Schulzes, verheiratet und eine richtige spießige Familie mit zwei Kindern. Erstaunlich, mit ihrem Berlin hatte das überhaupt nichts zu tun. Manchmal kam es ihr vor wie eine investigative Studie, was sie hier betrieb. Auf der Suche nach dem Berliner Bürgertum, nannte sie ihre Recherche für sich. Die Schulzes hatten nie davon gehört, dass andere Erwachsene freiwillig in WGs lebten, auch wenn ihr Studium längst zu Ende war. Sie wussten nichts davon, dass Kreuzberg nicht nur aus Krawallen und dem Türkenmarkt bestand. Und warum es am ersten Mai Krawalle gab, hätten sie sowieso nicht verstanden.

Und in diesem Jahr hatte sie die Schnauze voll, wie gesagt. Randvoll. Auf der diesjährigen Weihnachtsfeier waren auch einige Klienten anwesend, langjährige Kunden, mit denen man viel Geld verdient hatte. Das ist unsere Perle, hatte Schulze gesagt und Sevgi am Arm vorgeführt. Sie spricht ein großartiges

Deutsch und gehört richtig dazu, unsere türkische Mitarbeiterin. Ich bin Österreicherin, hatte sie gefaucht. Nur ihr Temperament geht ihr manchmal durch, hatte Schulze jovial gelacht. Er hatte schon ein paar Gläser Rotwein getrunken, genau wie Sevgi, was die Anwälte wunderte. Muslime trinken doch gar keinen Alkohol, sagten sie, genau wie im letzten Jahr.

Und an dem Rotwein hatte es wahrscheinlich auch gelegen, dass Sevgi sich diesmal nicht unter Kontrolle hatte. Den Vortrag über Orientalismus und gruppenbezogene Menschenfeindlichkeit hätte sie sich vielleicht trotzdem sparen können, das verstand hier sowieso keiner, aber dass sie Schulze duzte wie er sie, war richtig gewesen.

Zum ersten Mal in ihrem Leben hatte sie an diesem Abend einen Plan gemacht. Letzte Woche war das gewesen, und in den folgenden Tagen hatte sie ihn ausgeführt, ihren grandiosen Plan. Nur dass sie etwas zu erfolgreich gewesen war. Denn jetzt war Schulze tot. Gewöhnlich war sie schlecht organisiert, vor allem deshalb war sie ja so lange in dieser Kanzlei hängen geblieben. Normalerweise brauchte sie für jedes Vorhaben dreimal so lange wie nötig. Jede Hausarbeit gab sie mindestens eine Woche zu spät ab, Termine verpasste sie gerne und gründlich. Jetzt aber hatte die Wut ihr Energie gegeben, und es hatte plötzlich Spaß gemacht, ein Vorhaben gut zu organisieren.

Dass Schulze eine Allergie gegen Bienenstiche hatte, wusste sie wie alle, die in seinem Büro arbeiteten. Seit seiner Kindheit, als er von gleich zehn Bienen gestochen worden war, hatte Schulze eine panische Angst vor den Insekten, und deshalb mussten auch im Sommer alle Fenster geschlossen bleiben. Er hatte eine Unverträglichkeit entwickelt, ein Stich führte sofort zu Überreaktionen wie Atemnot und Schwellungen. Großartig wäre das, hatte sie gedacht. Der immer so überhebliche und perfekte Schulzethomas sollte einmal in seinem Leben erfahren, wie das war, wenn man sich nicht wehren konnte gegen die eigene Ohnmacht, wenn etwas anderes stärker war als man selber. Sie wollte ihn ein bisschen japsen hören. Es wäre ein großes Vergnügen, seine Geschichte zu hören am nächsten Tag im Büro, zu hören, wie er jammerte und von seiner Angst erzählte. Dass es so enden würde, hätte sie nicht gedacht.

Eigentlich war ihre Freundin Sabine schuld, dachte sie. Mit ihr war sie öfter im FEZ in der Wuhlheide gewesen. Sabines Kinder besuchten dort Workshops, in denen sie Trickfilme drehten oder irgendetwas bastelten. Und zu Weihnachten gab es immer ein Fest. Schon im letzten Jahr hatte Sabine sie mitgenommen, und auf dem Spaziergang über das Gelände hatten sie die Imkerei entdeckt. Alles war tief verschneit gewesen und voller Tierspuren. Leo und Emma hatten nach Hasen gesucht und nach Wildschweinen. Im Winter schliefen die Bienen nicht, erzählte der Mann, der in der Nähe der Stöcke herumlief und gern ein bisschen quatschte. Sie kuschelten sich aneinander und fraßen Honig. Und was passiert, wenn sie gestört werden, hatte Sevgi gefragt. Dann werden sie sauer, hatte der Mann gelacht. Daran hatte Sevgi sich erinnert auf der Betriebsfeier, als sie beschlossen hatte zu kündigen. Ein besonderer Abgang sollte es sein, sein Abgang, der auch für Schulze nicht leicht würde.

Gut, dass es so kalt war dieses Jahr, als sie zur Weihnachtsfeier im FEZ aufbrachen, gleich am Wochenende nach der Feier. Sevgi war mit Handschuhen, Schal und Mütze gut geschützt. Während Sabine und die Kinder mit dem Basteln von Neujahrskarten beschäftigt waren, lief sie zum Bienenstock. In eine Plastikwasserflasche hatte sie Luftlöcher gebohrt. Auch dafür konnte man das Bastelmaterial gut verwenden. Mit viel

Gelocke, Gebohre und Geschüttel schaffte sie es irgendwie, ein paar Bienen aus dem Korb und in die Flasche zu locken. In ihrer Handtasche fühlten die sich nicht sehr wohl, auf der Heimfahrt in der U-Bahn hatte es ständig gesummt und gebrummt in der Tasche.

Der Ersatzschlüssel zu Schulzes Auto hing im Büro, und den Büroschlüssel hatte sie. Es war also kein Problem, die Bienen unterzubringen, wo sie hinsollten. Im *Ana e Bruno*, dem versnobten Edelrestaurant, saß er heute mit einem Klienten. Wenn es ums Essen ging, war Schulze plötzlich sehr international. Chinesisch oder italienisch, koreanisch oder portugiesisch? Er kannte sie alle, wenn sie nur teuer waren und Eindruck machten. Sein Auto war leicht zu finden, einen so protzigen BMW fand man sogar in Charlottenburg nicht an jeder Ecke. Auf ihrem Weg zur Röntgenstraße freute Sevgi sich nicht zum ersten Mal darüber, dass sie immer noch in der Adalbertstraße wohnte. Kreuzberg schien der einzige Ort in Deutschland zu sein, an dem man der allgegenwärtigen Weihnachtsdekoration entkam. Hier dagegen war alles voller Lichterketten, Weihnachtsbäume und armer Studenten in roten Mänteln und vorgehängten Rauschebärten, die Flyer verteilten und Kinder erschreckten. Immerhin hatte das den Vorteil, dass wohl kaum ein Kind noch so naiv war, die Geschichten vom Weihnachtsmann zu glauben. Wenn der vor jedem Geschäft stand und nutzlose Dinge verteilte, konnte er ja gar nicht echt sein. Schulzes Wagen konnte man vom Restaurant aus nicht sehen, ein wichtiger Punkt, denn Schulze hatte sicher auf einem guten Platz am Fenster bestanden.

Am nächsten Tag war sie früh im Büro. Dass Schulze noch nicht da war, wunderte niemanden. Er hatte einen frühen Gerichtstermin. Noch bevor Sevgi gekündigt hatte, rief Stefanie Schulze an. Sonst ging Sevgi nie ans Telefon. Heute hatte sie schon drei Anrufe angenommen und wahlweise auf Türkisch oder Tirolerisch falsche Informationen verbreitet. Ihr Beileid sprach sie Stefanie auf Hochdeutsch aus.

Markus Jerg

Ein Mann, ein Mord

Jemanden zu töten, ist gar nicht so einfach. Dazu braucht es viel Übung und Vorbereitung. Aber man kann gut davon leben.

Ich mache diesen Job schon seit über 15 Jahren. Sicher, er ist nicht jedermanns Sache. Aber wenn man es drauf hat, macht es beinahe Spaß. Mir jedenfalls. Zumindest bis zu jenem Vorfall vor ein paar Tagen in Berlin.

Alles begann damit, dass mir Izmir, der türkische Wirt vom Kreuzberger Bierhof, mitteilte, während ich genüsslich an einem Whisky nippte und eine Currywurst vertilgte, dass er einen Klienten für mich habe. Besser gesagt, eine Klientin! Ein Freund eines Freundes habe da eine Dame in den Vierzigern kennen gelernt und von ihr erfahren, dass sie einen Mann für spezielle Fälle brauche. Und nun kam ich ins Spiel. Der Mann für spezielle Fälle. Der Mann, der seine Aufträge sauber und korrekt erledigt.

Izmir schob mir einen Zettel rüber, auf welchem ich eine Telefonnummer fand. Natürlich eine Handynummer. Vermutlich eines dieser Wegwerfhandys, die man einmal benutzt und dann auf Nimmerwiedersehen verschwinden lässt. Außerdem standen da sogar noch der exakte Zeitpunkt und das Datum, an welchen ich das Gespräch zu führen hatte. Exakt zwei Wochen vor Weihnachten.

Auch ich benützte zur Tätigung dieses Anrufes ein billiges Handy, das danach von mir entsorgt werden konnte. Die Stimme, die sich auf meinen Anruf meldete, tönte etwas steif und versuchte außerdem perfektes Hochdeutsch zu sprechen, fiel aber dabei immer wieder in den typischen Berliner Dialekt. Ich stellte mir eine auffällig geschminkte Dame vor. Neureich und extrem ehrgeizig, vermutlich ein sogenanntes Luder, das sich einen reichen Manager in einem Club am Kurfürstendamm gekrallt und schließlich zum Altar geschleppt hatte.

Ich hatte Recht mit meiner Vermutung. Zu unserem ersten und einzigen Treffen, natürlich im Kreuzberger Bierhof unter den aufmerksamen Blicken von Izmir, erschien eine gepflegte Dame in teurer Garderobe und großer, schwarzer Sonnenbrille, die sie trotz des schummrigen Lichts im Lokal kein einziges Mal während unseres Gesprächs absetzte. Sie erkannte mich an meiner braunen Winterjacke und der Wirtschaftszeitung in der Hand. Wer liest in so einer heruntergekommenen Spelunke schon diese Art Zeitung? Also steuerte sie zielstrebig an meinen kleinen Tisch, der in der dunkelsten Ecke der Kneipe stand, und setzte sich grußlos mir gegenüber.

Die Konversation zwischen uns war kurz. Sie redete, wenn auch nicht viel, und ich hörte zu. Zum Schluss schob sie mir einen Briefumschlag hinüber mit schriftlichen Informationen und der Hälfte des Geldes. Den Rest würde ich dann nach Erledigung der speziellen Angelegenheit erhalten.

Wie sie denn sicher sein könne, dass ich sie nicht betrüge, mit dem Geld abhaue oder sogar der Polizei wichtige Hinweise über ihren Plan zukommen lasse, wollte sie abschließend von mir wissen. Ich streckte ihr nur meine Hand entgegen und sagte meinen kurzen und bewährten Spruch: „Ein Mann, ein Wort“, während sie mit ihrer Hand meine kurz und fast zaghaft streifte. Dann stand sie auf, rückte ihr Kleid zurecht und verließ aufrecht und stolz die Gaststätte.

Kaltblütig und gefährlich, dachte ich, als ich ihr nachblickte. Izmir kam an den Tisch, nahm mein Glas, sagte aber kein

Wort und verschwand wieder hinter der Theke. Er wusste genau, über solche Arrangements sprach man nicht.

Ein Mitglied ihrer Familie sollte verschwinden. Wenn möglich noch vor dem Heiligen Abend, völlig überraschend und durch einen tragischen Unfall. Eine Spezialität von mir. Dieser Familienangehörige war ihr Stiefsohn. Der Sohn ihres Gatten aus erster Ehe, der nach dem Tod des Vaters der Haupterbe sein würde. So lautete das neu verfasste Testament. Aber da wollte die Lady nicht mitspielen. Sie hatte den alten, schwerreichen Verleger nicht geheiratet, um nach dessen Tod nur ein paar müde Euros zu erben. Nein, sie wollte alles. Wirklich alles! Und da stand ihr nun mal der Stiefsohn im Weg. Und ich sollte ihn aus dem Weg räumen.

Ein einfacher Job, dachte ich mir, während ich den Inhalt des Briefumschlags überprüfte. Ich fand die Adresse des Opfers und ein Foto.

Verdammt, das konnte doch nicht wahr sein! Hatte sie mir ein falsches oder ein altes Foto in den Briefumschlag gesteckt? Aus dem Foto grinste mich ein circa fünfjähriger Knirps an. Ein Knabe mit weißem Lacoste-Shirt und blauer, kurzer Hose. In seiner rechten Hand baumelte ein Plüschbär. Ein Kind? Ich tötete doch keine Kinder! Zumindest hatte ich dies bis zum jetzigen Zeitpunkt noch nie gemusst. Für alles gibt es ein erstes Mal, fuhr es mir durch den Kopf. Doch im selben Moment überkamen mich wieder Skrupel. Einen kleinen Jungen mit einem Plüschbären in der Hand ins Jenseits zu befördern, ist etwas ganz anderes, als einen treulosen Gatten, die verhasste Schwiegermutter oder den erfolgreichen Nebenbuhler auszuschalten. Darf man überhaupt ein Kind töten?

Der Skrupel in mir wuchs beständig, während ich Izmirs Gaststätte verlassen hatte und langsam und nachdenklich durch die belebte Straße schlenderte. In den Schaufenstern leuchteten Sterne und funkelte Christbaumschmuck. Ich hatte aber weder Lust noch Zeit mich darauf zu konzentrieren. Ich versuchte, meinen Skrupel zu verdrängen, dachte daran, dass ich meinen guten Ruf aufs Spiel setzte, wenn ich den Auftrag nicht erledigen würde. Niemand gibt einem Auftragskiller einen neuen Job, wenn er einmal einen Fehler begangen hat oder gar einen Mordauftrag nicht erfüllt. Das spricht sich in der einschlägigen Berliner Szene rasch herum. Nein, ich kam nicht darum herum, das zu tun, was von mir verlangt wurde, wofür ich schon eine Anzahlung bekommen hatte. Ich musste töten. Töten, wie es mein Job von mir verlangte. Töten, um meinen Ruf zu wahren.

Neben mir lachte eine Kinderschar, die einen Weihnachtsmann entdeckt hatte. Aber mein Gesicht blieb reglos. Ich war noch nie ein wirklich großer Weihnachtsfan gewesen. Aber in diesem Jahr hatte das Fest für mich seinen ganzen Glanz verloren.

So verbrachte ich die nächsten Tage nicht damit, Weihnachtsgeschenke zu kaufen oder Zimtsterne zu backen, sondern mein Opfer auf Schritt und Tritt zu verfolgen. Ich merkte mir seinen Tagesablauf, wenn es das Haus verließ, wohin es durch seinen Privatchauffeur gebracht wurde, was es den ganzen lieben Tag erledigte.

Ende der Woche wusste ich alles, was ich brauchte, um tätig zu werden. Im Verlauf meiner Beobachtungen hatte ich einiges erfahren, was mir sehr nützlich war, um meinen letzten Skrupel über Bord zu werfen und meine Tat planen zu können, ohne mein Berufsethos hinterfragen zu müssen.

Es war eigentlich alles ganz einfach. Die nötigen Hilfsmittel besaß ich bereits, so dass ich in der Nacht zu Dienstag aufs

Privatgrundstück der Verlegerfamilie in einem schicken Grunewalder Quartier schlich, mich an ihrer schwarzen Limousine zu schaffen machte, die, weil der Hausherr Autosammler war und seine Garage mit noch wertvolleren Karosserien besetzt hatte, draußen vor dem Haupthaus parkiert war. Kein Dobermann, kein privater Sicherheitsdienst erschwerten mir die Arbeit. Die Familie brauchte solchen Schnickschnack nicht. Sie fühlte sich sicher. So wurde ich nur von einem Rentier mit rot leuchtender Nase beobachtet, das still und stumm im Vorgarten stand.

Mein Job war nach fünf Minuten erledigt, und ich huschte als schwarzer Schatten wieder durch den Garten und verschwand in einer dunklen Seitengasse. Jetzt musste einfach alles so ablaufen, wie ich es mir vorgestellt hatte.

Ich gehöre nicht zu den Typen, die in der Nähe sind, wenn ihr geplanter Anschlag abläuft, außer natürlich meine Anwesenheit ist dringend nötig, zum Beispiel, wenn ich aus sicherer Entfernung eine Kugel in den Kopf meines Opfers abfeuern muss oder als Betrunkener getarnt meinem hilflosen Opfer ein Messer in die Brust ramme und wieder verschwinde, bevor auch nur jemand bemerkt, was gerade passiert ist. In diesem Fall aber erlaubte mir mein Job, dass ich mich zu Hause aufhielt, während er sich quasi von allein erfüllte.

Ich saß also daheim vor der Glotze, schaute mir gelangweilt das Frühstücksfernsehen an, um so nebensächliche Dinge zu erfahren, wie man verhindert, dass ein Adventskranz Feuer fängt, oder man die Schwiegermutter vom geplanten Familienfest fernhält. Interessanter wurde es erst, als um zehn Uhr die Newssendung begann. Tatsächlich gab es einen Bericht über meine Arbeit, die ich, wie ich feststellen konnte, zufriedenstellend erfüllt hatte, so dass sich niemand über mich beschweren konnte. Ich wollte ja noch ein paar Jahre meinen Beruf weiterverfolgen und mich erst dann zur Ruhe setzen, wenn ich den Ruhestand irgendwo in der Karibik oder in Südeuropa mit vollem Bankkonto genießen konnte.

Aber zurück zum Newsbericht. Er dauerte kaum zwei Minuten und erzählte davon, dass an diesem kalten Wintermorgen gegen acht Uhr das Fahrzeug eines bekannten Verlegers beim Anlassen des Motors in die Luft gejagt worden sei. Die zweite Ehefrau dieses Verlegers und ihr Privatchauffeur seien bedauerlicherweise dabei ums Leben gekommen. Der traurige Witwer schluchzte auch noch einen Kommentar ins Mikrophon und erklärte, wie schlimm der Verlust seiner Gattin für ihn und seinen kleinen Sohn sei, vor allem jetzt zur Weihnachtszeit. Außerdem seien sie doch erst drei Monate glücklich verheiratet gewesen.

Ich schmunzelte ob diesen Worten, denn ich wusste etwas, was der trauernde Gatte nicht wusste und auch nie erfahren würde, nämlich, dass seine geliebte Gattin eine heftige Affäre mit dem Chauffeur gehabt hatte, der sie jeden Morgen in ein kleines Motel an der Stadtgrenze gefahren hatte, wo sie es wie die Karnickel getrieben hatten.

Ich konnte nur hoffen, dass der Verleger bei seiner nächsten Ehefrau ein besseres Händchen bewies. Gut, mir war es eigentlich gleichgültig, wen der Alte zu sich ins Bett holte, aber mir tat der kleine Knirps leid, der versteckt hinter dem Vater nervös am Ohr seines braunen Plüschbären knabberte und nicht wusste, dass ich ihm gerade das Leben gerettet hatte. Ein schönes Weihnachtsgeschenk, nicht wahr?

Swenja Karsten

Oh Tannengrau'n

„Nun schauen Sie doch nicht so grimmig. Geben Sie sich selbst die Chance, diesen Ausflug zu genießen. Das schaffen Sie aber nur, wenn Sie Ihre Abwehrhaltung aufgeben."

Dirk weiß nicht, was ihn mehr stresst, Bertrams Dozieren oder die Beschallung auf dem Weihnachtsmarkt am Opernpalais.

„Vom Himmel hoch da komm ich her", tiriliert ein Knabensopran.

„Wärste mal oben geblieben", denkt Dirk. Sein Blick streift, ob dieses Gedankens leicht schuldbewusst, die Türme der Friedrichswerderschen Kirche. Dann stapft er weiter, die Hände in den Manteltaschen vergraben und die Augen stur auf seine Schuhspitzen gerichtet.

Dirk hat Weihnachten seit seiner Kindheit verabscheut: Bis 17.00 Uhr gab's Prügel, dann ging's zur Andacht. Er empfand Weihnachten als einen kollektiven Wahn und den Zwang zu rührseligen Gefühlen als Nötigung.

Aber vor einiger Zeit fand eine so bedeutende Veränderung in seinem Leben statt, dass Dirk sich gezwungen sah, seine Meinung zu ändern. Also suchte er einen Psychologen auf, der ihm die Abscheu vor Weihnachten austreiben und nach Möglichkeit ins Gegenteil verkehren sollte.

Es war ein harter Kampf, aber Dirk hat jede Herausforderung gemeistert, vor die Bertram ihn stellte: Er hat Strohsterne gebastelt, Weihnachtsmanngartenzwerge umarmt und sogar in Begleitung des Psychologen einen Christbaum gekauft. Den hat er mitsamt den Strohsternen der Bahnhofsmission geschenkt, weil er in seine Studentenbude nicht hineingepasst hätte.

Der heutige Gang über den Weihnachtsmarkt ist der krönende Abschluss der Therapie. Jedenfalls hat Bertram es so genannt. Von nun an muss Dirk seine neue Beziehung zu Weihnachten allein ausbauen und pflegen. Denn am Anfang, so Bertrams Weisheit, stehe die Gewöhnung, der Genuss komme erst mit der Wiederholung.

Dirk hofft, dass da etwas dran ist, denn von Genuss ist er meilenweit entfernt. Aber Gewöhnung reicht ihm völlig, denn er hat ein konkretes Ziel: Am Heiligen Abend einen guten Eindruck zu machen. Denn da wird Marie ihn bei einem traditionellen Familienfest ihren Eltern vorstellen.

Marie ist die Liebe seines Lebens. Und Marie liebt Weihnachten. Nur deshalb hat er die Therapie gemacht. Nur für Marie. Damit er sich Heiligabend ganz charmant als zukünftiger Schwiegersohn präsentieren kann. Und nicht als neurotischer Widerling, der mit Sarkasmen um sich schlägt und am Ende vor lauter Ekel die Weihnachtsgans wieder ausspuckt. Denn was wäre die Folge?

Ein Leben ohne Marie wäre so sinnlos wie ein Chirurg ohne Hände, so belanglos wie der hundertste Vampirroman und so unerträglich wie lila Vorhänge vor einer roten Tapete.

„Hier, sehen Sie mal!“ Bertram fasst ihn am Arm und zwingt ihn so, vor einer Bude stehen zu bleiben. „Die schönen Wollsachen. Wie wär's mit ein paar dicken Socken für Ihren Vater?“

„Der braucht keine mehr“, knurrt Dirk. Im nächsten Moment fragt er sich, und das nicht zum ersten Mal, wieso er so aggressiv auf seinen Therapeuten reagiert. Der meint es doch nur gut mit ihm! „Sie brauchen nicht weiter zu fragen“, erklärt er daher rasch und in beinahe entschuldigendem Tonfall: „Geschwister habe ich keine. Meine Mutter lebt mit ihrem zweiten Mann in Spanien und wir schenken uns schon lange nichts mehr zu Weihnachten."

Das Mitleid in Bertrams Blick scheint aufrichtig zu sein. Dirk ärgert sich darüber: Er fühlt sich nicht bemitleidenswert!

„Ich gebe Ihnen einen Glühwein aus", erklärt der Psychologe. „Kommen Sie mit, den besten gibt's dahinten."

Dirk folgt ihm widerwillig. Glühwein, auch das noch. Wer diesen süßen Fusel konsumiert, der schunkelt auch im Bierzelt zur Volksmusik. Dirk schüttelt sich bei dem bloßen Gedanken. Bespaßung für Herdentiere ist ihm ein Graus.

„Nicht auf den Boden sehen", ermahnt ihn Bertram. „Setzen Sie sich den visuellen Reizen aus, sehen Sie sich um."

Ergeben blickt Dirk auf, direkt in eine Bude mit Spreegurken hinein. Er staunt. Was haben denn Gurken mit Weihnachten zu tun? Nichts! Nette Bude. Leider steht direkt daneben ein Lautsprecher, aus dem „Jingle Bells" dröhnt und zwar in einer Lautstärke, als gälte es, Feinde zu vertreiben. Doch die Feinde, eine Gruppe skandinavischer Touristen, sind gänzlich unbeeindruckt. Schwankend und „god juul" blökend, umarmen sie jeden, der ihnen nicht rechtzeitig ausweicht. Und sie halten direkt auf Dirk zu. Schon weht ihn alkoholisierter Atem an, greift ein Männerarm nach ihm. Dirk taucht nach unten ab und tut so, als müsse er einen Schnürsenkel binden.

Als die „god juul"-Rufe verklungen sind und Dirk wieder auftaucht, kommt auch schon der vergnügt lächelnde Bertram mit zwei riesigen Humpen Glühwein auf ihn zu. „Warum habe ich nicht behauptet, trockener Alkoholiker zu sein?", fragt sich Dirk und ärgert sich über sich selbst.

Bertram stellt die Becher auf einen Stehtisch, der so gründlich mit verschüttetem Glühwein lackiert ist, dass die Becher wahrscheinlich sofort daran festkleben werden. Und beim Versuch, sie wieder vom Untergrund zu lösen, wird mit an Gewissheit grenzender Wahrscheinlichkeit das Gesöff überschwappen und ihm die Finger verbrühen. Und Bertram, dem das natürlich nicht passiert, wird es mild lächelnd Dirks Weihnachtstaufe nennen. Es muss doch eine Möglichkeit geben, dieser Zwangstaufe zu entgehen? Dirk hat sofort eine Idee.

„Ich hab jetzt richtig Appetit auf eine Spreegurke. Soll ich Ihnen eine mitbringen?“

Bertram zieht die Brauen hoch, lächelt aber gleich wieder.

„Nun ja, die Geschmäcker sind verschieden.“

„Wie wahr“, gibt Dirk zweideutig zurück und macht sich auf den Weg.

Seine Gurke – wie köstlich, wie salzig, wie unweihnachtlich – genießt Dirk zu den Klängen eines Liedes, das er nicht kennt.

„Adeste fidelis, laetit triumphantis …“

Triumph ist genau das, was Dirk empfindet. Denn er kann Weihnachten aushalten. Lieben muss er es nicht, aushalten reicht. Und Glühwein trinken muss er auch nicht. Der wird nämlich kalt sein, bis er wieder bei Bertram ist. Echte Männer trinken ohnehin Bier. Und keinen heißen Hustensaft.

Zwanzig Minuten später wird Dirk von seinem Therapeuten mit einem kräftigen Händedruck als geheilt entlassen. Und das tatsächlich, ohne einen Tropfen Glühwein getrunken zu haben. Beschwingt eilt Dirk zur U-Bahn, die ihn heimbringen wird, nach Lichtenberg. Innerlich pfeift er „Adeste fidelis“: Er ist geheilt, er ist geheilt!

Wässrige Schneeflocken zergehen auf Dirks Stadtplan. Als er endlich in die beinahe ländlich wirkende Seitenstraße einbiegt, ist er komplett durchgefroren. Er ist durch halb Dahlem gelaufen, weil er am Rathaus Steglitz die richtige Bushaltestelle nicht finden konnte. Er zählt die Hausnummern: 86, 87, 88, endlich.

Er steht vor einer schmucken Gründerzeitvilla mit großem Garten. In Bäumen und Sträuchern hängen Lichterketten. Dirk lächelt nachsichtig. Er würde für so etwas kein Geld ausgeben, aber wem's gefällt … Es stört ihn nicht, nein, er ist ja geheilt.

Zuversichtlich öffnet er die Gartentür. Dabei aktiviert er einen Bewegungsmelder: Über der Haustür, an der ein Adventskranz hängt, geht eine Lampe an. Dirk findet es sehr aufmerksam, dass die Gäste nicht im Dunkeln zur Haustür tappen müssen. Maries Eltern sind ihm jetzt schon sympathisch. Müssen sie ja auch sein, bei der Tochter.

Vor der Haustür steht eine Gestalt. Ist das Marie? Wartet sie etwa in dieser Kälte vor der Tür auf ihn? Ach nein, es ist ein lebensgroßer, silbern patinierter Engel.

„Was es nicht alles gibt", staunt Dirk mit leichtem Unbehagen. Aber irgendwie ist so eine Monstrosität ja auch ganz praktisch. Schreckt Einbrecher, Vertreter und neugierige Nachbarn ab. Dirk atmet tief durch, setzt sein gewinnendstes Lächeln auf und klingelt.

Fast augenblicklich öffnet sich die Tür. Dirk fällt der Unterkiefer mit solcher Wucht herunter, dass er ihn sich beinahe ausrenkt: Da steht Bertram, auf dem Kopf eine rote Zipfelmütze. „Sie?" Bertram zieht die Brauen hoch und sieht ihn abwartend an.

Dirk entfährt ein peinlich dümmliches „Äh". Er sieht auf das Post it, das er in seinen Stadtplan geklebt hat. Die Adresse stimmt. „Ich … äh … Marie hat mich eingeladen", stottert Dirk.

Bertrams Brauen rutschen beinahe bis zum Haaransatz hoch. „Ach, Sie sind heute unser Gast?“

Er klingt wenig begeistert, doch wirkt er nicht halb so überrascht wie Dirk. Dessen Gehirn rotiert in panischem Leerlauf: Es kann nicht sein. Es darf nicht sein. Bertram ist Maries Vater? Der Vater, den er beeindrucken wollte, ist sein Therapeut, der sein dummes, kleines Geheimnis kennt? Dirk spürt ein hysterisches Gelächter in sich aufsteigen, das nah am Schluchzen liegt. Nur mit Mühe kann er es hinunterschlucken. Wie viele tausend Psychologen gibt es in Berlin? Und er gerät ausgerechnet an den Vater seiner Freundin. Der wird ihn nie akzeptieren. Nie. Es sei denn ... ‚Ich werde ihm beweisen, dass ich 150%ig geheilt bin’, beschließt Dirk. ‚Das ist meine einzige Chance.’ Er weist auf den Engel. „Hübsch“, presst er heraus. „Hübsche Jahresendflügelfigur.“

Für einen Augenblick scheinen Bertrams Brauen unter dem Haaransatz zu verschwinden, dann entspannt sich sein Gesicht ganz plötzlich. „Dass Sie dieses Wort noch kennen … Ihre Eltern sind wohl aus dem Osten?“

„Köpenick“, erklärt Dirk mit einem Stolz, der weniger seiner Herkunft gilt als vielmehr der Tatsache, dass er die Situation so souverän gemeistert hat.

„Jetzt lass ihn doch bitte mal rein“, ist Maries Stimme hinter Bertram zu hören.

Der erbarmt sich tatsächlich und bittet Dirk ins Haus. Und da stehen sie Spalier, allesamt mit roten Zipfelmützen: Die Mutter, eine dreißig Jahre ältere Marie, kräftiger Händedruck, „Herzlich willkommen.“

Vier ältere Brüder, die ihn ungeniert kritisch mustern, neben dem Ältesten eine Frau mit Säugling auf dem Arm, selbstverständlich im roten Strampler mit rotem Mützchen.

Und Marie, die er umarmt, wobei er ihr ins Ohr flüstert: „Kuss gibt's erst, wenn ich wieder aufgetaut bin."

Als er sich wieder aufrichten will, drückt Marie ihm eine rote Zipfelmütze auf den Kopf. Dirk erstarrt.

„Jetzt bist du einer von uns", erklärt sie treuherzig. Dirk sieht in ihre schokoladenbraunen Augen und schmilzt dahin. Wenn es sie glücklich macht … Und außerdem: Er ist doch geheilt!

Bertram bittet Dirk, ihm ins Wohnzimmer zu folgen. Dirk tut es arglos – und muss geblendet die Augen zusammenkneifen. Es glitzert und glimmert wie in Aladins Schatzhöhle. Das gesamte Weihnachtssortiment sämtlicher Shoppingsender hängt, steht und liegt in diesem Raum. Dirk ist fassungslos. Und er hat keine Chance, an dem Kitsch vorbeizugucken, denn abgesehen von der Couchgarnitur gibt es keine freie Fläche. Dirks Augen bleiben an einem Plüschteddy im Schaukelstuhl kleben, der zur Weihnachtsmütze eine Trachtenhose trägt.

„Ist der nicht süß?", fragt Maries Mutter und legt einen Schalter um. Der Schaukelstuhl beginnt zu schaukeln, der Bär nickt mit dem Kopf, als hätte er einen epileptischen Anfall und aus seinem Bauch quäkt „Jingle Bells".

Hatte Marie nicht mal erwähnt, ihre Mutter sei Anwältin für Steuerrecht?

„Und, wie finden Sie unseren Baum?"

„Wunderschön", behauptet Dirk, der allerdings gar keinen Baum sieht, sondern ein Arrangement von Kugeln in Kuhglockengröße und von explosiver Farbvielfalt.

In diesem Moment kommt Marie mit einem Tablett voll dampfender Groggläser herein. Hinter ihr zwei der Brüder, beide mit Keksdosenstapeln bewaffnet, die ihnen bis unter die Nasenspitzen reichen.

In den nächsten 15 Minuten genießt Dirk Weihnachten mit ganzem Herzen, denn die selbstgemachten Plätzchen sind die besten, die er je gegessen hat. Maries Mutter nimmt sein überschwängliches Lob mit bescheidener Freude zur Kenntnis und ermahnt ihn, noch ein bisschen Platz für das Raclette am Abend zu lassen. Aber die Brüder winken ab: Bis dahin sind es ja noch Stunden.

„Hau ruhig rein", wird Dirk ermuntert, er weiß nicht genau ob von Stefan oder Lutz, „ein Verkündigungsengel mit Magenknurren wäre ja eine Lachnummer."

„Hä?", macht Dirk und die Familie strahlt ihn an, dass es gleich noch ein paar Lux heller wird.

„Als unser Ehrengast darfst du dieses Jahr den Verkündigungsengel spielen", erklärt Marie feierlich.

„Aha", sagt Dirk, genauso verständnislos wie zuvor.

„Na, beim Krippenspiel!", erklärt Jan oder Thomas und wirft Marie einen eindeutigen Blick zu: Besonders helle ist dein Neuer aber nicht.

Dirk blickt in die Runde, wartet auf Gelächter oder sonst ein erlösendes Zeichen, dass er nur veräppelt wird. Vergebens. Er blickt auf acht makellose Zahnreihen, ja es scheint ihm, als zeige bereits das Baby das familientypische Grinsen.

„Das Josefinchen ist unser Jesuskind", strahlt Marie, die seinem Blick gefolgt ist.

Auf einmal ist sie ihm unheimlich. Ist das wirklich seine Marie oder ist es ihr weihnachtswahnsinniger Klon?

„Komm mit", wird er von den Brüdern aufgefordert, „umziehen!"

Wie eine Marionette folgt Dirk den jungen Männern die Treppe hinauf und in ein geräumiges Jugendzimmer mit veralteten Hertha-Postern an der Wand. Auf einem der beiden Betten liegen die Kostüme, auf dem anderen schwarze Kästen, die Dirk nicht beachtet. Sein Blick klebt an dem Flügelpaar, das auf einem Bügel an einer Schrankkante hängt. Die Schwingen sind weiß, mindestens einen Meter lang und die Federn sehen echt aus.

„Marabudaunen“, erklärt Lutz stolz und hält Dirk ein bodenlanges, weißes Baumwollnachthemd hin.

Dirk starrt auf das Nachtgewand. Passiert das hier wirklich oder ist es der mieseste Albtraum, den er je hatte?

„Muss dir nicht peinlich sein“, meint Lutz grinsend. „Ist eins von Marie.“

Dirk versteht nicht, inwiefern das die Sache besser machen soll. Er steht nicht auf Klamottentausch. Doch Gott ergeben oder vielmehr Marie ergeben, schlüpft er in das alberne Kostüm und schnallt sich die Flügel um.

Ein schrilles Wimmern lässt ihn zusammenzucken. Jan, ebenfalls im weißen Nachthemd und mit wesentlich kleineren Flügeln als er selbst, stimmt eine Geige. Auch die anderen Brüder packen Instrumente aus. Eine Trompete, eine Bratsche und ein Cello.

„Du spielst ja kein Instrument, hat Marie gesagt.“

Die milde Verachtung in ihrer Stimme ärgert Dirk.

„Kannst du singen?“, fragt Lutz.

„Ich war im Schulchor“, murmelt Dirk.

„Na, dann“, sagt Lutz und an seine Brüder gewandt: „Nicht so eine Lusche wie dieser Maik letztes Jahr.“

„Erinnere mich nicht an den“, murmelt Stefan und auch die anderen beiden sehen aus, als würden sie sich noch im Nachhinein fremdschämen.

Von Maik weiß Dirk nur, dass es ihn gegeben hat und dass er die größte Enttäuschung in Maries Leben war.

Lars nimmt ein kleines, schwarz gebundenes Buch aus dem Regal und drückt es Dirk grinsend in die Hand.

Ein Gesangbuch! Dirk ist unendlich erleichtert. Er weiß von keinem Weihnachtslied mehr als die erste Textzeile, aber nun ist er gewappnet, jetzt kann nichts mehr schief gehen. Er wird Marie beweisen, dass er keine Lusche ist!

Barfuß tappt Dirk hinter den Brüdern her zur Treppe. Er sieht, wie Jan graziös sein Nachthemd rafft, um die Treppen hinuntersteigen zu können. Dirk macht es ihm nach und erstickt dabei fast an seinem inneren Gelächter. Was für eine absurde Situation!

Am Fuß der Treppe wartet der Rest der Familie. Die Mutter als Engel, mit einem flauschigen, weißen Heiligenschein, Bertram mit falschem Bart im groben Hirtenkittel. Stefans Frau ist als Maria in eine Art Vorhang gewickelt und hat ihr Jesus–Josefinchen auf dem Arm, das seine Stoffwindel in der Art einer römischen Toga trägt.

Nur Marie ist nicht verkleidet. Sie hat einen Camcorder in der Hand und den hält sie direkt auf Dirk gerichtet. Dirks inneres Gelächter erstirbt augenblicklich. Er ist bereit, sich für Marie zum Affen zu machen. Aber dass es dafür hinterher einen Beweis geben wird, das ist ihm dann doch zu peinlich. Gequält sieht er Marie an und gibt ihr mit der Hand ein Zeichen, die Kamera doch bitte nicht auf ihn, sondern auf jemand anderen zu richten. Marie lässt die Kamera sinken.

„Och Dirk, so geht das nicht, du musst lächeln. Jetzt müssen wir das noch mal drehen."

„Bitte Marie", entfährt es Dirk, „du übertreibst! Das ist doch nur ein Heimvideo!"

„Heimvideo“, kommt das gekränkte Echo von Thomas. „Bei uns wollten schon echte Schauspieler mitmachen.“

Dirk versucht, diese Information zu verstehen, aber sein auf Selbstschutz programmiertes Gehirn lässt es nicht zu.

„Hä“, macht er und hat dabei ein Gefühl von Déjà-vu.

„Wir sind Stars auf YouTube“, erklärt Marie stolz. „Also, streng dich an, versprochen?“

Dirks Kopf zuckt von einer Seite zur anderen. Er hat keine Kontrolle darüber, es ist, als sei er der Schaukelstuhlteddy und jemand hat den Schalter angeknipst. Er kann nicht aufhören, den Kopf zu schütteln.

„Nein, nein, irgendwo hört's auf. Ich mach mich nicht vor der ganzen Welt lächerlich, nicht einmal für dich, das kannst du nicht von mir verlangen!“

Marie sieht ihn an, den Kummer einer mater dolorosa im Blick.

„Du meinst es nicht ernst“, flüstert sie tief verletzt. „Du hast mir etwas vorgemacht. Uns allen.“

Ihre Trauer versetzt Dirk einen Stich und nimmt ihm den Atem, seine Antwort ist ein Krächzen. „Ich wollte wirklich … Aber das hier ist zuviel, Marie, was ihr hier treibt ist hart am Wahnsinn!“

Maries Blick ist unverwandt auf ihn gerichtet, aus ihren Augen fließen Tränen. „Wenn du mich lieben würdest, dann würdest du auch Weihnachten lieben.“

Dirk keucht laut. Verliert seine Marie gerade den Verstand? Das kann sie doch nicht wirklich glauben? „Das ist total meschugge! Du musst doch auch nicht Fußball lieben, um mich zu lieben!“ Seine Worte scheinen Marie nicht zu erreichen.

„Das ist Betrug, weißt du? Bei Papa in Behandlung gehen und ihm vorspielen, du wärst geheilt. Das ist Betrug, Dirk!“

Dirk starrt sie an: Hat sie das wirklich gerade gesagt? Hat Bertram wirklich … Er hätte nicht mit ihr darüber sprechen dürfen! Und überhaupt … woher wusste er …

Der Psychologe hält Dirks Blick stand, seine Augenbrauen sind erneut unter dem Haaransatz verschwunden.

„Halten Sie mich für dumm oder was? Sie haben so viel von ihrer Freundin erzählt und Marie hat von ihrem Freund erzählt … Nein, ich bin nicht dumm. Ich habe Marie gewarnt. Aber sie wollte es ja nicht wahrhaben."

„Ich bin so enttäuscht von dir", flüstert Marie kaum hörbar.

„Nein", stammelt Dirk, „nein." Dass auch ihm längst die Tränen über das Gesicht laufen, merkt er nicht. Er friert. Er friert so höllisch, als hätte er Eiswasser in den Adern. Er hat doch alles getan, um genau das hier zu verhindern. „Mehr als alles kann ein Mensch nicht geben!", brüllt er seine Verzweiflung heraus, „und wenn das nicht reicht, dann liebst du mich nicht!"

Er zerrt sich die Flügel von den Schultern, er will darauf herumtrampeln, dass die Federn bis zur Decke stieben, oh ja, das wird er tun, er wird diesen Irren zeigen, was er wirklich von ihnen hält!

„Doch, Dirk, ich liebe dich sehr", sagt Marie ganz ruhig. „Ich will dich nicht verlieren."

In Dirk keimt ein Funke Hoffnung auf. Sollte ihre Liebe stärker sein als ihr Weihnachtswahn?

„Aber ich kann Weihnachten nicht lieben", sagt er und sieht ihr dabei eindringlich in die Augen.

Marie bleibt weiter ganz ruhig. „Papa hat dich durchschaut, weißt du? Du konntest ihn nicht täuschen. Er hat gemerkt, dass du nicht geheilt warst."

Dirk versteht endgültig überhaupt nichts mehr. Was soll das alles? Und warum bekommt er plötzlich Angst vor Marie?

„Deswegen haben wir vorgesorgt", sagt sie mit einem sanften Lächeln, das den harten Ausdruck in ihren Augen Lügen straft.

Dirk will auf einmal nur noch weg. Egal, was das für Folgen hat, er will weg. „Äh, Marie … die anderen haben bestimmt genauso kalte Füße wie ich. Wie wär's, ihr macht jetzt euer Krippenspiel und wir sprechen … nach Weihnachten weiter?" Dirk macht eine Vierteldrehung, will die Treppe hinaufgehen. Erst jetzt bemerkt er, dass Bertram und die Brüder ihn eingekreist haben. Ihre Gesichter zeigen grimmige Entschlossenheit. Panik steigt wie roter Nebel in Dirk auf. ‚Raus hier', ist alles, was er noch denken kann.

Er wirbelt herum, wirft sich gegen die Leiber, versucht, die Umzingelung zu durchbrechen. Er hat keine Chance. Fünf Paar Hände packen ihn, umklammern ihn, nehmen ihn in den Schwitzkasten, stoßen und schieben ihn. „Marie", brüllt Dirk, „hilf mir, komm wieder zu dir, verdammt, Marie!"

Doch von Marie kommt kein Laut.

Das Körperknäuel hält vor einer Stahltür.

„Bist du dir absolut sicher, dass du das willst?", fragt Bertram neben Dirk. Und Marie, außerhalb seines Sichtfelds, antwortet hörbar überzeugt: „Dirk wird es schaffen, der ist nicht so eine Lusche wie Maik."

„Das will ich hoffen", sagt Bertram, „der Pflegeplatz dieses armen Irren kostet ein Vermögen."

Dirk hat sich nicht mehr unter Kontrolle. Er schreit, brüllt, winselt um Gnade. Sie sollen ihn laufen lassen, bitte, bitte, heute ist doch Weihnachten!

Marie selbst öffnet die Stahltür.

Dirk schreit. Schreit, schreit, kann nicht mehr aufhören. Weihnachtskitsch, gezwängt, gedrängt in eine fensterlose Zelle.

Regale voller Nippes, Weihnachtsmänner, Engel, blinkende Sterne, schaukelnde Teddys. Alles in angeschraubten Kunstharzvitrinen sicher verwahrt, auch der raumhohe Christbaum. Die Wände, die Decke, der Boden: dunkelrot. Ein Bett, als Geschenkpäckchen gestaltet, das Bettzeug bedruckt mit Weihnachtssternen.

„Bitte“, wimmert Dirk, „bitte, bitte nicht!“ Flehend sieht er Marie an. Ihr Gesicht ist aschfahl. „Du wirst Weihnachten lieben“, sagt sie leise, beschwörend. „Irgendwann wirst du Weihnachten genauso lieben wie wir.“

Er wird in die Zelle gestoßen, taumelt, geht zu Boden. Hinter ihm fällt die Stahltür ins Schloss, wird verriegelt.

Musik setzt ein. „Oh Tannenbaum“ übertönt Dirks panische Schreie.

Wie Rudolph seine rote Nase verlor

Avigdor und Rebecca Rosenthal stehen am frühen Morgen des 24. Dezembers ängstlich und frierend auf der gegenüberliegenden Straßenseite ihres Wohnhauses in Charlottenburg. Es ist klirrend kalt und kleine Schneeflöckchen tanzen flirrend durch die Luft.

„Wolln Se nich wat Warmes?“ Hausmeister Naumann hält ihnen zwei Tassen Punsch unter die Nase.

Rebecca nimmt sie müde lächelnd entgegen und reicht eine Tasse an ihren schweigend, vor sich hin starrenden Ehemann weiter. Er nippt. Es wird ihm übel, denn er hat heute noch nichts gegessen.

Aber der Punsch wärmt so schön die Hände.

Die Rosenthals stehen zwischen spärlich bekleideten Nachbarn mit derangierten Frisuren, die in graue, schwere Decken gehüllt sind. Die kleine, verschneite Seitenstraße des Kurfürstendamms ist in blaues, flackerndes Licht gehüllt.

Es ging alles sehr schnell heute Morgen. Avigdor wurde durch polternde Stiefel im Hausflur und donnernde Schläge gegen die Wohnungstür aus dem Schlaf gerissen.

„Feuer! Feuer!“, drang es an sein Ohr und verdrängte die aufkommenden Erinnerungen an lang zurückliegende Ereignisse. Rebecca hatte, aufgrund ihrer beginnenden Schwerhörigkeit, von allem nichts mitbekommen. Er weckte Rebecca und sie zogen sich geschwind etwas Warmes über.

Avigdor griff sich die alte, abgewetzte Ledertasche mit den wichtigen Unterlagen und sie stürzten gemeinsam mit ihren Nachbarn hinaus auf die Straße.

Die Rosenthals waren vor einigen Monaten aus Tel Aviv in ihr geliebtes Berlin, aus Kindheitstagen, zurückgekehrt. Sie hatten die charmante Altbauwohnung gefunden und liebevoll eingerichtet.

Sie wollten dem Chaos Tel Avivs entfliehen. Nein, sie hatten keine Angst vor explodierenden Bussen und menschlichen Bomben. Das tägliche Überleben im mörderischen Straßenverkehr, die grassierende Inkompetenz unter Handwerkern und Bürokraten und die zunehmende Korruption und Gesetzlosigkeit waren nichts mehr für ihre alten, schwachen Nerven.

Sie wollten ihr zweites Leben aufgeben und an ihr erstes in Berlin anknüpfen. Sie sehnten sich nach Ruhe und Ordnung. Sehnten sich nach einem Lebensabend mit Oper, Theater, kleinen Einkäufen im KaDeWe und den Aktivitäten der jüdischen Gemeinde.

Ein Rumoren und Schreien geht durch die Menge. Alle Blicke sind auf die blassgelbe Hauswand gerichtet. Rudolph, das rotnasige Rentier und seine Kumpels stürzen krachend in die Tiefe. Sie reißen den grünen Schlitten samt weißbärtigem Weihnachtsmann im roten Mäntelchen mit hinab. Es heißt „ausgeleuchtet“, „ausgeblinkt“ für die Highlights der diesjährigen Weihnachtsbeleuchtung. Bunt schillernde Weihnachtspäckchen, dunkelgrüne Tannen und grasende Rehe, die blinkende Weihnachtswunderwelt liegt im dreckigen Schneematsch.

Die Weihnachtsmanntruppe, die an Seilen auf das Hausdach zu fliehen versucht, wird von einem Wasserstrahl erfasst und saust durch die Luft in die Tiefe, umwirbelt von Kabeln, Steckern, Glühlampen und blau-weiß blinkendem Lametta.

„Weg mit dem Mist!“, zischt Rebecca leise in Avigdors Ohr, der sie erschrocken anschaut.

Das Komitee des diesjährigen *Berlin Christmas Decoration Contest,* veranstaltet vom örtlichen Stromanbieter, kommt in einem Kleinbus um die Ecke gefahren und wird von einem Polizisten gestoppt. Die Jury schwärmt aus und kann nur noch Trümmer auf dem Gehweg besichtigen.

Am Nachbarhaus, der ärgsten Konkurrenz, sieht es nicht viel besser aus. Die Löschtruppe hat ganze Arbeit geleistet und die Fassade mit dem C-Strahlrohr abgeräumt.

Der jährlich stattfindende *Christmas Decoration* Wettbewerb hatte das angespannte Verhältnis der Brüder Kain nur verstärkt.

Friedrich und Robert hatten von ihrer Mutter jeweils nebeneinander liegende Mietshäuser geerbt. Die ungleichen Brüder hatten verschiedene Väter, wenig Familiensinn und nach Rebeccas Meinung einen schlechten Geschmack.

Die Feuerwehrleute beginnen mit den Aufräumarbeiten. Das Feuer im Seitenflügel ist gelöscht und der Weg ins Haus freigegeben.

Avigdor, Rebecca und die ersten Nachbarn strömen aufgeregt in ihre Wohnungen oder was davon übrig geblieben war.

Rebecca ist erleichtert, als sie die Wohnungseinrichtung in Augenschein nimmt. Offensichtlich hat sie keinen Schaden genommen.

Avigdor sinkt blass auf einen Stuhl in der Bibliothek. Das Wasser ist, aufgrund einer Neigung des Hauses, in den hinteren linken Strang geflossen und hat nur diesen ruiniert. Der Seitenflügel, in dem das Feuer ausgebrochen ist, ist ebenfalls durch das Feuer unbewohnbar geworden.

Ein gellender Schrei durchdringt den Hinterhof.

Avigdor stürzt zum Hoffenster und sieht die füllige Frau des Hausmeisters neben einem Feuerwehrmann stehen. Zwei Polizisten heben einen gefrorenen Leichnam aus dem Tannenunterholz, dicht neben der Hauswand des Seitenflügels, in einen Transportsarg.

„Was ist da los?", hört Avigdor seine Frau aus dem Schlafzimmer rufen.

„Eine Leiche. Sie haben eine Leiche im Hof gefunden." Er sieht eine Menschenmenge im Hof zusammenströmen und beißt auf seine trockenen Lippen, als er Rebecca mit den anderen Schaulustigen im Hof stehen sieht. Die Polizisten schieben die Menge auseinander. Sie bilden eine Gasse, als der Transportsarg aus dem Hof getragen wird.

Rebecca stürzt atemlos zurück in die Rosenthalsche Wohnung. „Der alte Kain. Friedrich Kain ist tot. Steif gefroren und mit einer Eisschicht überzogen." Rebecca ergeht sich in Details, die Avigdor, der ins Bad stürzt, nicht mehr hören kann.

Als Avigdor ziemlich mitgenommen das Bad verlässt, führt Rebecca ihn besorgt zu seinem Lieblingssessel ins Wohnzimmer.

„Soll ich dir einen Tee machen? Was ist mit dir?"

„Mir ist nicht gut, die Aufregung. Ein Tee wird helfen", beschwichtigt Avigdor sie.

„Sie haben unseren Vermieter, Robert Kain, verhaftet", weiß Rebecca zu berichten.

Avigdor schaut sie erschrocken an.

„Ich kann mir auch nicht vorstellen, dass er ein Mörder ist. Robert Kain ist so ein freundlicher Mensch, mal abgesehen von seinen wahnwitzigen Weihnachtsideen."

Für Friedrich Kain, der ungefähr im Alter der Rosenthals war, hatte Rebecca recht wenig übrig. Sie ging ihm aus dem Weg, da er ihr Furcht einflößte.

Rebecca schenkt ihrem Mann Tee nach, als es an der Haustür klingelt. Beide eilen zur Haustür.

Vor der Tür steht eine Delegation der Hausbewohner, die sich nach einem trockenen Plätzchen für das heutige Weihnachtsfest umschaut. Die Rosenthalsche Wohnung scheint die einzig trockene und bewohnbare zu sein.

Nein, Juden werden nicht vom göttlichen Blitz getroffen, wenn sie ihren Nachbarn Weihnachtsasyl gewähren.

Ja, ein Weihnachtsbaum mit Lametta und Kugeln, die CD mit den Weihnachtsliedern, weihnachtliche Leckereien und der Terrier von Frau Meyer dürfen mitgebracht werden.

Die Hausdelegation zieht erleichtert von dannen.

Avigdor macht sich auf ins Wohnzimmer und schafft Platz für eine nordische Tanne. Unterdessen bereitet Rebecca in der Küche einige Speisen vor. Es gibt noch Latkes, das sind frittierte Kartoffelpuffer, und Pfannkuchen vom Chanukkafest der Vortage.

Die Nachbarn, die nicht bei Kindern und Verwandten untergekommen waren, treffen einer nach dem anderen bei den Rosenthals ein.

Bepackt mit Geschenken, Weihnachtsschmuck und Essen verbreiten sie eine weihnachtliche Stimmung.

Hausmeister Naumann installiert eine Nordmanntanne in einem stabilen Christbaumständer. Die Nachbarn schmücken, bei Glühwein und Punsch zum Klang weihnachtlicher Weisen, die Tanne.

Die Rosenthals hatten bisher recht wenig Kontakt zu ihren Nachbarn und fühlen sich wohl in ihrer Rolle als Gastgeber. Trotz der heimeligen Stimmung stellt sich den Gästen die Frage, was Friedrich Kain am Vorweihnachtsabend im Hinterhof ihres Hauses zu suchen hatte.

Hatte sein Bruder Robert etwas mit seinem Tod zu tun?

Die Spekulationen finden ein jähes Ende, als es an der Tür klingelt und Hauptkommissar Manske einen erschöpften und erleichterten Robert Kain in den Wohnungsflur der Rosenthals schiebt. Die Nachbarn umringen und drängen die Neuankömmlinge weiter ins warme, geräumige Wohnzimmer.

Avigdor stürzt erleichtert auf Robert zu und umarmt ihn zum Erstaunen der Gäste, die ihn bisher als sehr zurückhaltend erlebt hatten. Die vor Neugierde fast zerberstenden Nachbarn bombardieren Hauptkommissar Manske mit Fragen, der sich nicht weiter bitten lässt.

„Die Spurensicherung hat ermittelt, dass Friedrich Kain, bei der nächtlichen Manipulation der Elektrik der Weihnachtsbeleuchtung, einen tödlichen Stromschlag erlitten hatte."

Für einen Moment ist es ganz still, dann reden alle Gäste aufgeregt durcheinander.

„Offensichtlich", so fährt Manske unbeirrt fort, „wollte er den Christmas-Wettbewerb im Vorfeld zu seinen Gunsten beeinflussen. In dieser Nacht hat es heftig geschneit, so dass der Leichnam am Morgen unter einer Schneeschicht zwischen den Tannen verbogen war. Ich schließe Fremdeinwirkung aus", fügt er abschließend hinzu.

Hauptkommissar Manske vergisst geflissentlich zu erwähnen, dass der Zustand des Leichnams durch die Verbrennungen und Vereisungen so verheerend ist, dass eine weitergehende Analyse aussichtslos erscheint.

Erschrecken und Erleichterung breiten sich unter den Anwesenden aus. Avigdor sinkt auf einen Stuhl in der Ecke des Wohnzimmers, er schließt die Augen. Tränen rinnen über sein faltiges Gesicht. Niemand von den aufgewühlten, diskutierenden Gästen nimmt Notiz von ihm. Die Erinnerungen an die vergangene Nacht kommen wieder.

Freitagnacht. Avigdor spaziert von der nahgelegenen Charlottenburger Synagoge durch sein geliebtes Viertel nach Hause. Große Schneeflocken taumeln im weißen Mondlicht vor ihm auf den Gehsteig. Er fühlt sich leicht und froh. Rebecca schläft sicher schon. Sie hat die Synagoge direkt nach dem Gottesdienst verlassen.

Zuhause angekommen, hallen seine Schritte durch den kalten, dunklen Hausflur. Die Tür fällt schwer ins Schloss. Durch die Fenster zum Hof sieht er einen Lichtstrahl aufblitzen. Er ist in Tel Aviv Polizist gewesen. Trotz seines Alters besitzt er Kraft und Mut.

Als er die Tür zum Hof einen Spalt öffnet, bemerkte er jemanden zwischen den Tannen.

„Frohe Weihnachten, Herr Kain.“ Er nimmt an, dass es Robert, sein Vermieter, ist.

Roberts Bruder, der alte Kain aus dem Nachbarhaus, blickt hoch und herrscht ihn an: „Verschwinde!“

„Was machen Sie da?“, fragt Avigdor bestimmt.

Friedrich Kain antwortet nicht. Er hantiert, ohne aufzublicken, mit einer großen Blechschere am Elektrokasten, der an der Hauswand des Seitenflügels befestigt ist.

Avigdor geht zögernd auf Friedrich zu.

„Das geht dich einen Dreck an, verschwinde!“, blafft ihn Friedrich an und richtet sich auf. Das Werkzeug drohend in seiner Hand schwingend, geht er langsam auf Avigdor zu.

Avigdor blickt in Friedrichs eisblaue Augen, hört ihn „Verschwinde, dreckiger Jude!“, durch seine Lippen pressen. Da durchfährt es ihn wie ein Blitz. Vor ihm steht Fritz, der Nachbarsjunge aus seiner Berliner Kindheit. Avigdor holt aus und streckt Friedrich mit einem kräftigen Faustschlag nieder. Dieser fällt rücklings gegen den Elektrokasten, aus dem Blitze schießen. Es riecht nach verbranntem Fleisch.

Eine zarte Berührung holt Avigdor in die Wirklichkeit zurück. Er öffnet die Augen. Rebecca sitzt neben ihm, trocknet zärtlich seine Tränen mit ihrem rosa Seidentaschentuch und lächelt.

Der Gehweg vor dem Haus ist geräumt. Nur eine Handvoll roter Glühlampensplitter, die einst Rudolphs Nase zierten, blitzen im schmutzigen Schnee.

Evelyn Leip

Eiskalt

Es gibt Dinge, die man braucht, und Dinge, die man nicht braucht. Anton gehört definitiv zu letzteren. Natürlich gibt es auch Dinge, die man zwar nicht braucht, von denen man aber trotzdem glaubt, sie zu brauchen. Ob das auf Anton zutrifft, ist nicht klar. Es scheint, dass die Frauen in seinem Leben lange davon ausgegangen waren, ihn zu brauchen. Aber vielleicht hatten sie auch nur so getan? Wer weiß schon, was im Kopf eines Menschen vorgeht?

Es hatte natürlich Zeichen gegeben. Eigentlich hätte ihnen klar sein können, dass Anton nur störte. In jeder Hinsicht. Aber sie hatten die Zeichen immer wieder ignoriert. Bis zu diesem Tag im Advent.

Kurioserweise waren alle vier Frauen dabei Weihnachtsgeschenke zu kaufen, als die Erkenntnis sich nicht mehr verdrängen ließ. Lene hatte gerade die *Galeries Lafayette* betreten und sah sich dabei einem Gedränge ausgesetzt, das ihr nicht behagte. Marietta befand sich bereits in der Parfümerieabteilung und genoss den Trubel. Praktisch veranlagt wie Anton war, hatte er mit Marietta abgesprochen, dass jeder schnell ein Geschenk besorgen solle und man sich dann zu einem kleinen Imbiss in der Cafeteria treffen würde.

Ina ging durch die Hackeschen Höfe, bestaunte wie immer die prächtigen Farben und bemerkte plötzlich Svetlana, die einen Glühwein trank. Dass diese beiden am gleichen Ort waren, als ihnen klar wurde, wie wenig sie Anton brauchten, ja dass Anton mehr als überflüssig in ihrem Leben war, war kein

Zufall. Hätte Ina an diesem Mittag nicht Svetlana getroffen, wäre vieles anders verlaufen.

Als Ina Svetlana bemerkte, ihr zunickte, weitergehen wollte und dann doch umkehrte, stand Lene vor den Christbaumkugeln im Kaufhaus. Sollte sie den Baum in diesem Jahr wieder ganz in Rot schmücken? Oder war es besser, eine andere Farbe zu wählen? Vielleicht das knallige Pink, in dem das ganze Kaufhaus geschmückt war und in dem ihr schon draußen der grelle Schriftzug am Eingang entgegengestrahlt hatte? Lieber nicht. Lene konnte sich nicht entscheiden. Anton würde nächste Woche den Baum kaufen, wie jedes Jahr, sie würde ihn am Tag vor Heilig Abend schmücken. Am ersten Feiertag würde man gemeinsam das Konzert im Berliner Dom besuchen, wie immer. Und davor auf dem Luisenfriedhof das Grab ihrer Schwiegereltern. Während Anton sich kaum um seine Mutter gekümmert hatte, als sie noch lebte, besuchte er nun ihr Grab mit großer sohnlicher Sorgfalt. Dabei war die Begleitung der zu Lebzeiten eher unbeliebten Schwiegertochter erwünscht. Manche Fassaden wollte Anton auch aufrechterhalten, wenn keiner zusah.

Inzwischen hatten Ina und Svetlana über das Wetter gesprochen, und nun umgab sie eine kleine Blase des Schweigens in all dem Weihnachtslärm. Beide waren in Gedanken bei Anton. Da spielte der Leierkastenmann „Alle Jahre wieder“, und beiden dämmerte, dass „alle Jahre wieder“ was Anton betraf, lieber ein Ende finden sollte.

Auch Lenes Gedanken drehten sich um Anton. Was sie ihm schenken sollte? Eine Krawatte? Ein Rasierwasser? Ein Buch? Passenderweise ertönte auch hier aus den Lautsprechern „Alle Jahre wieder“. Lene half das nicht, aber Marietta entschied sich folgerichtig, wie bereits im vergangenen Jahr, für ein Rasierwasser. Einfallslos. Aber auf das Weihnachtsgeschenk kam es nicht an. Sie hatte Anton ganz anderes zu bieten. Und die Fingerfertigkeit, die sie als seine Sekretärin bewies, war da nur der geringste Teil.

Lene war immer noch unentschlossen. Langsam bekam sie von dem Glitzern Kopfschmerzen.

Sie hasste dieses Kaufhaus schon an normalen Tagen, vor Weihnachten war es unerträglich. Aber etwas hatte sie hierher gezogen. Da sah sie ihn, sah ihren Anton in die Abteilung für Damenunterwäsche gehen. Folgte ihm. Sah ihm von Ferne zu, wie er teure Unterwäsche kaufte, die mit Sicherheit nicht für sie gedacht war. Sie war bestürzt. Sie war erschrocken. Vor allem, weil sie nichts als Erleichterung empfand. Antons vermutete Nutzlosigkeit hatte sich bestätigt. Beschwingt verließ sie das Kaufhaus. Es würde keine neuen Christbaumkugeln geben, und auch die alten würden keinen Weihnachtsbaum in ihrem Haus zieren. Sie würde nicht mit Anton ins Konzert gehen, nicht mit ihm den Weihnachtsbraten verzehren, kein Geschenk kaufen und auch nie wieder am Grab der ungeliebten Schwiegermutter frieren.

Ina und Svetlana hatten inzwischen Informationen ausgetauscht. Fast unmerklich hatte ihr Gespräch sich Anton genähert. Ina hatte von ihrer Doktorarbeit berichtet, die Anton betreute, aber nicht erwähnt, dass sie für einige Zeit auch sein Bett geteilt und sogar einmal kurz vermutet hatte, ein Kind von ihm zu erwarten. Svetlana hatte von ihrer Arbeit erzählt, die darin bestand, Antons Bungalow zu putzen, aber verschwiegen, wie sie zu diesem Job gekommen war. Und schließlich hatte Svetlana von Ina eine Information erhalten, die sie nicht ignorieren konnte. Ina hatte ihr einen Zeitungsartikel gezeigt, ein Interview des Professors zur Weihnachtszeit, das Svetlana noch nicht kannte. Dafür konnte sie Ina auch etwas berichten. So gingen sie nun auseinander und wussten noch nicht, was sie mit den neuen Informationen anfangen würden.

Marietta dagegen war noch ganz vergnügt. Bis sie Anton in der Cafeteria sitzen sah, mit seinem schütteren Haar, mit seiner blassen Haut, mit seinem Pfauengehabe. Er sah ganz anders aus als in der Universität, und Marietta begann nachzudenken. Langsam, denn Nachdenken war nicht ihre Lieblingsbeschäftigung.

In den nächsten Tagen arbeitete es in den vier Frauen. Gedanken kamen und gingen, Hassfantasien stiegen auf, es brodelte, aber dann kam eine Ruhe über die Frauen, die gefährlich war. Auch Marietta hatte inzwischen das Interview gelesen, in dem von Weihnachten als dem Fest der Liebe gesprochen und der Wert der Familie betont wurde. Nachdem Marietta einmal mit dem Nachdenken angefangen hatte, war es bei ihr am schnellsten gegangen. Im neuen Jahr würde sie Anton sagen, dass sie nun nur noch seine Sekretärin sei. Weihnachten konnte man ihm ja schließlich nicht verderben. Anton hatte sich auf den Weg in die Politik gemacht, dabei die Moral entdeckt und hielt nun spießige Reden über den Wert der Familie, die ihr zutiefst missfielen.

In den anderen drei Frauen wurde es nach und nach kalt und wenn Anton gespürt hätte, wie eisig es klirrte, wann immer eine der Frauen an ihn dachte, hätte es ihn gefroren. Aber Anton spürte nichts.

Es war Lene, deren Pläne zuerst konkrete Formen annahmen. Eine Woche nach der Begegnung betrat sie erneut das Kaufhaus, kaufte rote Christbaumkugeln, eine gestreifte Krawatte und ein teures Rasierwasser. Bestellte Braten für den

Weihnachtstag und gönnte sich selbst teure Unterwäsche, die Anton nie sehen würde.

Danach rief sie die Spedition an. Am zweiten Feiertag würde Anton zu einer Konferenz nach London fahren. Wenn er wiederkam, würden sie und ein großer Teil der Einrichtung nicht mehr da sein. Sie hatte bereits ein kleines Haus in Lichtenrade gemietet, das nur einen Bruchteil der Miete kostete, die sie im Hansaviertel bezahlten.

Ina hatte mit ihrer Mutter telefoniert und ihr mitgeteilt, dass sie bereits am Abend des ersten Weihnachtstages zurückfahren müsse. Leider. Die Mutter war enttäuscht, aber versuchte, sich nichts anmerken zu lassen. Es war ja schließlich gut, dass das Kind so fleißig war.

Svetlana putzte. Hier und dort und manchmal auch zu Hause. Nur in ihren Gedanken gelang es ihr nicht, Ordnung zu schaffen. Aber schließlich beschloss sie, an diesem Weihnachtsfest nicht zu ihren Eltern nach Polen zu fahren. Sie würde erst zum Neuen Jahr ihre Familie besuchen. Das musste sie auch dem Heim mitteilen, in dem ihr Sohn lebte, und den sie immer mitnahm, wenn sie nach Polen fuhr.

Ein letztes Mal stand Lene am Grab ihrer Schwiegereltern und saß dann am Abend doch im Konzert. Und während sie der Kammermusik im Berliner Dom lauschte, ohne sie wirklich zu hören, saß Ina im Zug zurück nach Berlin und Svetlana telefonierte mit ihrer Familie in Polen.

Dann wurde es Nacht und das Eis kam. Es hatte schon genieselt, als Anton und Lene aus dem Dom kamen. Es begann zu schneien als Ina aus dem Zug stieg, es war alles weiß, als Anton im Taxi zum Flughafen saß. Dann ging der Schnee wieder in Regen über, Wind kam auf, und in kurzer Zeit verwandelte sich Berlin in ein kristallenes Wunder.

Das Glatteis war ein großer Veränderer. Wer es bestellt hatte, war nicht klar, aber die Welt sah an diesem Morgen anders aus. Einiges war möglich geworden, anderes unmöglich, aber alles in allem war es gut.

Als sich an diesem Tag die elektrischen Rollläden des Bungalows automatisch öffneten, gaben sie den Blick frei auf eine neue, glitzernde Welt. Nur, dass niemand hinausschaute.

In diesem Moment starrte Anton auf die Anzeigentafel des Flughafens. Sein Flieger war bereits drei Stunden zu spät. Ausgerechnet. Er hatte schon mehrmals an der Information nachgefragt, mehr als Warten konnte er nicht. Zum Teufel mit dem Wetter. Der, der das Glatteis bestellt hatte, hätte sich gerne einen anderen Tag aussuchen können.

Zur gleichen Zeit verließ Ina ihre Wohnung in Moabit. Im dem Treppenhaus roch es nach Knoblauch, aber das störte Ina nicht. Im zweiten Stock allerdings rutschte sie aus. Da hatte der Hausmeister es mit dem Bohnern der Holztreppe mal wieder zu gut gemeint. Ina fing sich, rannte weiter, riss die Haustür auf und setzte sich nun erst mal wirklich auf den Hosenboden. Die Straße war spiegelglatt. Dagegen war die Holztreppe harmlos. Wer dieses Wetter bestellt hatte, hätte das ruhig ankündigen können. Stöhnend stand sie auf und tastete sich vorsichtig an der Hauswand entlang zum Bäcker.

Viele Menschen waren nicht unterwegs. Noch nicht einmal der Penner, der sonst immer im Hauseingang rumlungerte, war da. Vielleicht hätte er ihren Aufprall bremsen können.

Anton hatte inzwischen lesen müssen, dass sein Flug gestrchen war. Auch an der Information konnte man ihm nicht helfen. Er solle nach Hause fahren und am Abend wiederkommen. Vorher ginge hier nichts. Nach Hause. Das war keine Option. Nicht heute. Anton schloss die Augen. Egal wie schlimm es für ihn war, egal wie ungerecht die Konsequenzen, er würde nicht fliegen können.

Wobei Anton die Folgen schlecht der netten, jungen Dame an der Information mitteilen konnte. Ganz ungerecht wären sie auch nicht. Denn richtig verhalten hatte sich Anton nicht. Aber er hatte gut geplant. Fand er. Und sollte nun vielleicht an einer dünnen Eisschicht scheitern.

Ina war inzwischen beim Bäcker gewesen und tastete sich nun vorsichtig mit einem Puddingstückchen und einem Zupfkuchen zurück zu ihrer Wohnung. Manchmal kaufte sie auch für den Obdachlosen etwas, aber heute war er nicht da. Sie erwartete auch keinen Besuch. Die beiden Kuchenteile würde sie allein frühstücken. Nervennahrung, denn heute hatte sie noch einiges vor. Da würde sie auch das Glatteis nicht dran hindern.

Anton hatte den Flughafen verlassen. Ina biss in das Puddingteilchen, während der neue Kaffeevollautomat zischte und pfiff. Ein Geschenk von Anton. Großkotzig, wie Anton selbst. Aber der Kaffee schmeckte gut.

Anton fluchte, vor dem Flughafen kein Taxi, dafür spiegelglatte Straßen. Nach Hause gehen. Leicht gesagt. Er machte sich auf den Weg zur S-Bahn. Hoffentlich fuhren die. Die Frage war nur, wohin er fahren sollte. War es verdächtig nach Hause zu fahren? Wäre es eher verdächtig, nicht nach Hause zu fahren?

Anton überlegte. Wie würde er sich verhalten, wenn der Flug ausfiel? Normalerweise? Oder besser, wie würde sich ein normaler Mensch verhalten, wenn der Flug ausfiel? Sicherheitshalber suchte er nach seinem Handy und rief erst einmal zu Hause an. Erwartungsgemäß nahm niemand ab. Anton stellte sich vor, wie Lene auf dem Bett lag. Es musste geklappt haben. Wenn sie nicht tot wäre, hätte sie das Telefon klingeln gehört. Sie wäre rangegangen. So lange hätte sie nur geschlafen, wenn sie ernsthaft krank gewesen wäre. Jetzt war sie ernsthaft tot, obwohl sie nicht krank gewesen war. Zumindest nicht körperlich krank. Aber eine depressive Frau passte nicht in das Leben eines zukünftigen Senators. Und außerdem wusste Lene zu viel über ihn.

Svetlana fluchte. Es war glatt. Vielleicht wäre es besser gewesen, zu Hause zu bleiben. Aber heute war eine gute Gelegenheit. Der Professor war nach London gereist zu einer ach so wichtigen Konferenz und Lene würde unterwegs ins Heim sein. Svetlana hatte Pläne. Manche Dinge konnte man einfach nicht so stehen lassen.

Ina hatte das Puddingstückchen aufgegessen und sich den Mund am heißen Kaffee verbrannt. Da klingelte das Telefon. Abnehmen oder nicht? Ina nahm nicht ab. Nach dem fünften Klingeln schaltete sich der Anrufbeantworter ein.

„Hallo, hier ist Anton. Ich konnte nicht abfahren wegen dem Glatteis. Kann ich zu dir kommen? Ich versuche es gleich noch mal auf deinem Handy."

Was sollte das? Ina griff nach dem Handy und schaltete es aus. Darüber musste sie erst einmal nachdenken. Ihre Pläne für heute brachte es durcheinander, aber sie würde eine Lösung finden. Das hatte sie gelernt. Anton war ein guter Lehrmeister. In manchen Dingen zumindest.

Danach rief Anton Marietta an und erzählte ihr, dass sein Flug gestrichen war. Sie wollte, dass er zu ihr käme. Aber da hatte er eine Idee. Er bestellte Marietta zu sich nach Hause.

„Lene ist weggefahren, wir haben das Haus für uns. Fahr schon mal hin und warte auf mich."

Und Marietta fuhr trotz Glatteis und wartete in der neuen schönen Unterwäsche. Schließlich war noch Weihnachten.

Draußen im Garten glitzerte die Eisschicht. Kaum Autos fuhren und auch nur wenige Menschen waren unterwegs.

Die Haustür fiel klappernd ins Schloss. Gestärkt mit zwei Kuchenstücken und drei Tassen Milchkaffe machte Ina sich pfeifend auf den Weg. Das Glatteis konnte sie mal. Sie hatte ihre Stiefel mit den Kreppsohlen angezogen und schritt zügig aus. So schnell würde sie nicht noch einmal auf die Nase fallen. Und falls Anton doch zu Hause wäre, würde sie einfach wieder gehen.

Svetlana war sehr viel langsamer als Ina unterwegs. Aber ihr Schuhwerk war auch weniger geeignet. Die spitzen Absätze der Wildlederstiefel rutschten immer wieder weg. Mühsam kämpfte sie sich vorwärts. Wer dieses Glatteis bestellt hatte, musste nicht glauben, dass sie das an ihrem Vorhaben hindern würde.

Lene war wie immer früh aufgestanden. So gut und ausgeschlafen hatte sie sich allerdings schon lange nicht mehr gefühlt. Die Tabletten gegen ihre Depressionen hatte sie weggeschmissen. Jetzt war Lene im Heim, und schon Morgen würde sie das erste Mal in ihrer neuen Wohnung schlafen.

Anton saß in der S-Bahn. Laufen war bei diesem Wetter nichts. Er war auf dem Weg nach Hause. Es graute ihm, aber Marietta war inzwischen sicher da, und wo sollte er sonst hin? Es würde peinlich werden, der Polizei zu gestehen, dass er ein Verhältnis mit seiner Sekretärin hatte, aber sie würden kaum annehmen, dass er seine Geliebte nach Hause bestellte, wenn er wusste, dass dort seine tote Frau im Schlafzimmer lag.

Sie näherten sich alle drei dem Bungalow. Ina mit schnellen Schritten, Anton an der Tür der S-Bahn stehend und Svetlana mit unsicherem Rutschen. Jetzt waren sie beinahe gleichweit entfernt. Nur noch ein paar hundert Meter.

Die Bahn hielt. Tiergarten. Da sah Anton aus dem Fenster eine bekannte Gestalt. Im ersten Moment erkannte er sie mehr an ihrem eiligen Schritt, als an ihrem Aussehen, aber dann bemerkte er den Mantel, den er ihr letztes Jahr zu Weihnachten geschenkt hatte. Unterwäsche, wie sie Marietta von ihm bekam, hatte er sich bei Ina nicht getraut zu kaufen. Die Tür der Bahn öffnete sich, dann schloss sie sich wieder und Anton fuhr weiter.

Er konnte es nicht mehr sehen, aber der schnelle Schritt, an dem er Ina zuerst erkannt hatte, war einem zögerlichen Weitertasten gewichen. Sie ging langsam an einem Café vorbei, dann drehte sie sich plötzlich um und betrat den Raum. Eigentlich hatte sie genug Kaffee getrunken, aber sie brauchte noch einen kleinen Aufschub. Seufzend ließ sie sich auf einen Sessel fallen, griff nach der Zeitung und bestellte einen Kaffee und ein Puddingstückchen. Die Sache schlug ihr auf den Magen.

Svetlana aber, die sich am langsamsten vorwärts bewegte, tat dies mit der größten Entschlossenheit. Ihr Zögern war nur der glatten Straße zuzuschreiben. Stetig näherte sie sich dem Haus, jetzt öffnete sie das Gartentor und suchte in ihrer Tasche nach dem Hausschlüssel. Schon öffnete sie die Tür und trat ein.

Stille. Der Professor war in London und seine Frau würde schon längst im Heim sein. Aber man konnte nie sicher sein. Also rief Svetlana erst einmal.

„Lene!“

Marietta hörte den Ruf, aber sie hieß nicht Lene und sie wollte in diesem Haus auch von niemandem gefunden werden. Eigentlich noch nicht einmal von Anton, wenn sie ehrlich war. Sie zog sich die Decke über den Kopf und stellte sich tot. Die Decke, unter der nun eigentlich die tote Lene hätte liegen sollen.

Svetlana hatte Lene nie als ‚Frau Professor' angeredet. Lene fand das gut, sie war schließlich kein Professor. Frau Neumann hätte Svetlana mehr behagt, aber Lene wollte Lene genannt werden, und Svetlana hatte ihr den Gefallen getan. Schließlich kannte man sich auch schon aus dem Heim. Sonst hätte Lene diese Stelle gar nicht bekommen. Aber der Professor durfte das nicht wissen. Wenn Lene das ungute Gefühl, das sie beschlich, weil eine andere Frau ihren Dreck wegräumte, damit betäuben konnte, dass sie sich mit Vornamen anreden ließ, dann sollte das Svetlana Recht sein.

Noch einmal rief sie „Lene", stieg ein paar Stufen hinauf und rief ein weiteres Mal. Dann war sie überzeugt, dass niemand zu Hause war.

Während Svetlana sich in der Küche einen Tee kochte, trank Ina Kaffee. Zu viel Kaffee. Ihr Herz klopfte schon ganz unruhig. Dies galt auch für Antons Herz. Er war an der nächsten Haltestelle ausgestiegen und auch er saß in einem Café und rührte in einer Kaffeetasse.

Svetlana trug den Tee in Antons Arbeitszimmer, setzte sich an den Schreibtisch und zog die Schubladen auf. Sie würde finden, was sie suchte. Der heutige Tag würde kein guter werden, für den Professor, da war sie sich sicher.

Dessen war sich Anton allerdings schon längst bewusst. Er traute sich nicht heim, seit er Ina gesehen hatte. Er rief am Flughafen an. Die Flüge waren immer noch gestrichen. Er bestellte ein Taxi und fuhr ins Institut. Er würde behaupten, er hätte den Flug verpasst, den nächsten nehmen wollen, dann das Wetter. Am besten jetzt im Büro sein. Die Polizei würde sich sicher bei ihm melden, sobald Marietta Lene gefunden hatte. Dann würde er sagen, er wollte nur etwas im Büro holen.

Svetlana war dabei Papiere zu kopieren, da klingelte es. Sie erstarrte. Sie war nicht da. Es war nicht ihr Putztag. Sie würde einfach nicht öffnen. Es klingelte wieder. Noch einmal. Jemand rief. Wahrscheinlich nur der Postbote.

„Ich möchte zu Frau Neumann", sagte Ina als hätte sie Svetlana noch nie gesehen. Dabei hatte sie schon so oft Unterlagen aus dem Institut vorbeigebracht, wenn dem Professor plötzlich eingefallen war, zu Hause arbeiten zu wollen.

„Frau Neumann ist nicht zu Hause", antwortete Svetlana freundlich. Was wollte denn Ina hier?

Anton hatte es sich schon wieder anders überlegt. Er ließ sich vom Taxi zum Heim bringen. Es war lange her, dass er seinen Sohn besucht hatte. Er rief ab und zu an, und er bezahlte die Rechnung. Aber jetzt brauchte er einen Ort zum Verstecken, und ein anderer fiel ihm nicht ein.

Svetlana dagegen hatte gefunden, was sie suchte. Sie hatte Ina ins Haus gelassen und war gegangen. Morgen würden die Menschen aus der Zeitung erfahren, dass der Professor, der Senator werden wollte, ein mieser Opportunist war. Das war gut so. Wie sagte der Professor immer? Die Menschen haben ein Recht auf Information. Die würden sie jetzt bekommen.

Anton ging den Gang entlang, auf dem das Zimmer seines Sohnes lag. Da hörte er ein Lachen. Es kam ihm bekannt vor, aber er hatte es schon lange nicht mehr gehört. Die Tür war offen und er schaute vorsichtig hinein. Eine zierliche Gestalt saß am Fenster und spielte mit seinem Sohn Mühle. Er kannte diese Frau, aber im ersten Augenblick schien sie ihm fast so fremd wie ihr Lachen. Lene.

Ina wartete. Svetlana hatte erzählt, dass Frau Neumann gegen Mittag zurück sein würde. Schließlich wurde sie neugierig. Es gehörte sich nicht, aber sie ging durch das Haus. Sie war bisher nur im Flur gewesen. Langsam stieg sie die Treppe hinauf. Sie öffnete die Tür zu Antons Schlafzimmer. Marietta.

Anton war erschüttert. Er ging rasch wieder. Was konnte das bedeuten? Warum war Lene noch am Leben? Hatte sie ihre Tabletten heute Morgen nicht genommen? Hätte sie das Mittel gegen ihre Depressionen wie immer genommen, wäre sie jetzt tot. Sie hatte die Tabletten nicht genommen und lachte? Was für Depressionen sollten das denn sein? Anton machte sich auf den Weg nach Hause.

Sekretärin und Doktorandin unterhielten sich. Ihre Meinungen zu Anton wichen gar nicht so stark voneinander ab, und sie beschlossen, besser zu gehen, bevor Anton auftauchte. Eigentlich hatte Ina Lene die Augen öffnen wollen, aber mit der war wohl heute nicht zu rechnen.

Am Eingang stand noch Svetlanas Putzeimer. Die Frauen kippten das Wasser auf die Granittreppe und verließen das Haus.

Die Informationen, die Svetlana an die Zeitung weitergegeben hatte, erregte wenig Aufsehen. Dass der Professor, der für den Senat kandidierte, und der plante, die Ausgaben für Behindertenheime zu kürzen und dafür zu sorgen, dass die Familien mehr Eigenverantwortung übernehmen würden, den eigenen behinderten Sohn in ein Heim abgeschoben hatte, war nur einen Nebensatz wert. Auch dass seine Mutter die letzten Jahre ihres Lebens in einem billigen Pflegeheim verdämmert hatte, wurde kaum erwähnt; und dass der Abtreibungsgegner außerdem eine Mitarbeiterin aufgefordert hatte, ein Kind von ihm abzutreiben, wurde ganz unterschlagen. Die Nachricht aber, dass sich der gleiche Professor auf der spiegelglatten Treppe seines Hauses sein Genick gebrochen hatte, füllte die erste Seite. Aber das Genick hätte es ihm ja sowieso gebrochen. Auf die eine oder andere Weise.

Christiane Kleine

Auf der Kippe

Jana lässt das Päckchen fallen. Es schlägt mit der Kante auf die Cappuccinotasse. Die kippt und hinterlässt einen hässlichen dunkelbraunen Streifen auf ihrer Cordhose. „Das ist dein Henning?" Sie flüstert, dabei wäre das nicht notwendig. Der Kinderchor im Erdgeschoss der Einkaufspassage Potsdamer Platz bemüht sich gerade erfolgreich, alles, einschließlich seines eigenen Gesanges, mit weihnachtlichem Glöckchenklingeln zu übertönen.

Karin nickt. Der, von dem sie reden, schlendert einen Umlauf tiefer die Passage entlang und schaut dabei auf das Display seines Handys. Jana weiß nicht, was sie sich nach Karins Erzählungen vorgestellt hat. Diesen Mann nicht.

„Er sieht gut aus, nicht wahr?", flüstert Karin in eine Glöckchenpause hinein.

Jana nickt. Natürlich. Er sieht sogar verdammt gut aus, vor allem, wenn man, wie sie selbst, auf den schmachtenden Typ steht. Schmal. Dunkelhaarig. Ein Bart, an dem der Friseur mit dem Messer Millimeterarbeit geleistet hat. Jana hätte nie gedacht, dass so etwas nach Karins Geschmack ist. Wo zum Teufel kann sie ihm begegnet sein?

Karin hat Päckchen und Tasse aufgefangen, bevor sie auf den Boden aufgeschlagen sind und setzt sie behutsam auf den Tisch zurück. „Schau mal, es ist gar nichts kaputtgegangen", sagt sie. Nur ein winziges Zittern der Stimme verrät ihre Anspannung.

Jana nickt. Die Situation erscheint ihr absurd. Sie kennt Karin nicht sehr gut. Ein gemeinsamer VHS-Kurs, ein paar Proseccos danach. Aber als Karin gestern in Tränen ausgebrochen ist, musste sie ihr ja wohl Unterstützung anbieten, oder? Noch zwei Wochen vorher war Karin so glücklich gewesen. Eine graue Maus, die gerade ihren Traumprinzen gefunden hat. Traumprinz. Von wegen. Jana legt Geld auf den Tisch und gibt dem Kellner ein Zeichen. Der betrachtet jede Münze, bevor er sie in seine Börse steckt. Die Eisdiele ist rappelvoll. Da versucht mancher, sich etwas zu nehmen, ohne genug dafür zu geben. Die Zeiten sind hart, wer nicht aufpasst, zahlt drauf. Endlich ist der Kellner fertig. Jana steht auf. Bevor sie neben Karin an die Balustrade tritt, gleitet ihr Blick noch über den Tresen. Dahinter werfen gleich fünf Frauen mit Weihnachtsmannmützen Kugeln in Becher und Waffeln. Der Gedanke an eine Waffel mit zwei Kugeln Cookies kommt ihr in den Sinn. Sie vertreibt ihn. Eine Welt geht zu Bruch und sie denkt an Eiscreme! Es muss die Situation sein, die sie so durcheinander bringt. Besser sie konzentriert sich auf die körperlose Stimme, die in sanften Bögen auf- und abschwingend Lichterketten und Christbaumkugeln anpreist und auf die Passanten, die durch die Passage treiben. Die meisten sind Mütter mit müden Gesichtszügen, die ihre quengelnden Kinder hinter sich her zerren. Vierzehnjährige mit Lidstrichen wie Balken kreuzen ihre Wege, ohne sie überhaupt wahrzunehmen. Karin fragt sich, ob sie selbst jemals so blasiert war wie diese Mädchen. Würde man diese Barbiepuppen darauf aufmerksam machen, dass sie die Welt mit anderen Menschen teilen, sie würden einen nur verständnislos anstarren und sich dann achselzuckend wieder ihren MP3-Player in die Ohren stöpseln. Frauen um die 30, Frauen wie Jana und Karin dürften für sie nur Auslaufmodelle sein. Manchmal fühlt sich Jana selber so. Immer im Kampf, die eigene Qualität zu beweisen. Rechts von ihr putzt sich Karin die Nase. Selbst aus einem Meter Entfernung meint Jana zu spüren, wie verkrampft die Schultern ihrer Freundin sind. Im Stockwerk unter ihnen spielt der Mann noch immer mit seinem Handy. Selbst unter seiner Lederjacke ahnt man Muskeln, wie sie nur in den Wäldern Alaskas oder im Sportstudio aufgebaut werden. Kaschmirschal und edle Schuhe mit Ledersohlen weisen eher auf das Studio hin. Selbst einige der Bauchfrei-Mädchen gönnen ihm einen zweiten Blick.

„Bist du sicher?“, fragt Jana ihre Freundin. „Vielleicht ist alles in Ordnung. Du kannst doch auch etwas falsch verstanden haben, oder?“

Karin nickt und schüttelt gleich anschließend den Kopf. Schließlich hat sie alles schon dreimal erzählt. Die fehlgeleitete Mail. Die Nachricht auf dem Anrufbeantworter. Das Gefühl. Vor allem das Gefühl. Sie stößt Jana in die Seite. „Da. Die muss es sein.“ Eine Blonde natürlich, ziemlich klein und jungenhaft schmal verlässt die Rolltreppe und sieht sich suchend um.

„Er steht auf blond“, zischt Karin. „Er sagt, etwas anderes macht ihn einfach nicht an.“

„Ich weiß“, gibt Jana zurück und versucht, die noch auf dem Tisch verstreuten Päckchen in ihre Einkaufstasche zurück zu befördern. Ein sinnloser Versuch, natürlich. Einmal ans Licht gebracht, lässt sich etwas nie wieder so an seinen Platz befördern, wie es war. Wenigstens hat sie Karin mit ihren Einkäufen eine Weile ablenken können. Der Eierkocher, der „Auf in den Kampf, Torero“ schmettert, hat ihr sogar ein echtes Lachen entlockt. Besonders, weil er für Janas Oma gedacht ist. „Carmen ist ihre Lieblingsoper“, hat sie erklärt und vorsichtshalber verschwiegen, dass Oma meint, Carmen hätte ihren Liebhaber erstechen sollen und nicht umgekehrt. Jetzt sind beinahe alle Päckchen wieder verstaut. Bis auf die edle Herrenseife. Jana quetscht sie in ihre Manteltasche. Im Stockwerk unter ihnen setzt sich die Blonde wieder in Bewegung und verschwindet in einer Boutique. Der Mann steckt das Handy mit einem Achselzucken in die Manteltasche.

„Siehst du, es ist nichts“, sagt Jana.

„Dann treffen sie sich später“, zischelt Karin. „Die Nachricht sagte, jetzt oder in zwei Stunden.“

„Lassen wir es für heute“, schlägt Jana vor. „Vielleicht sind es ja nur Heimlichkeiten wegen Weihnachten.“ Jana verbindet mit Weihnachten nichts Religiöses. Wenn überhaupt an etwas, dann glaubt sie an den Zufall oder eine Art Schicksal, gelenkt von diffusen Mächten, die den Fall der Würfel bestimmen. Die Rituale rings um das Fest beherrschen ihre Gedanken allerdings genauso wie die aller anderen.

Karin schüttelt den Kopf. Sie muss es wissen, in welche Richtung das Pendel ausschlägt. Treu oder nicht treu. Beziehung, oder nicht.

„Wie wäre es, wenn du zu ihm gehst?“

„Wie?“

„Ganz locker. Zufällig. Dann merkst du doch, ob er sich freut, dich zu sehen, oder auf eine andere wartet.“

Einen Moment lang legt Karin die Stirn in Falten. Dann lächelt sie. „Vielleicht hast du Recht. Aber was ist mit dir? Was machst du?“

Die Luft in der Passage ist warm und ein wenig stickig. Sie schließt die Besucher ein, wie ein zusätzlicher Mantel. Für Atem ist wenig Platz. Jana packt Karins Ellenbogen und schiebt sie Richtung Rolltreppe. „Ich habe nachher noch eine Verabredung mit meinem Freund“, sagt sie. Karin schwebt herab, ohne einen Blick zurück zu werfen. Ohne zu sehen, dass Jana ihr folgt.

Sie wechseln ins Sonycenter. Jana zählt. Kein Kuss unter 60 Sekunden. Immer wieder verharren sie, wie Modelle für ein Kontaktmagazin. Jana fährt mit der Zunge über ihre Lippen. Trocken. Irgendwo in ihrer Einkaufstasche muss eine Fettcreme stecken. Sie tastet danach, ohne den Blick abzuwenden. Hier, wo sich einige Buden unter dem futuristischen Glasdach Mühe geben, weihnachtliche Stimmung zu verbreiten, ist es wenigstens schon geschmückt. Zu Hause gammeln noch die Kürbisse von Halloween in Omas Glasschale. Jana wollte schon längst den Weihnachtsschmuck herausholen, aber ihr Freund hat sie gebeten, zu warten. „Wir machen das zusammen", hat er gesagt und ihr dabei zugezwinkert. „Ist doch unser Ritual, oder?"

Karin und Henning bestellen noch einen Glühwein. Jana hätte auch gerne etwas Heißes. Oder wenigstens etwas Süßes. Direkt neben ihr stehen zwei in Rentierpullover gewickelte junge Männer, die Kekse für irgendeinen guten Zweck verkaufen. Sie wirft zwei Euro hin und erhält eine Tüte. „Selbst gebacken", versichert der Verkäufer und krault seinen Vollbart.

Henning, der Karin jetzt liebevoll die Kappe zurechtrückt, sieht nicht aus, als ob er sich mit Backen auskennt. Aber Karin hat Jana genau geschildert, wie geschickt er Kekse ausgestochen und Löcher hineingebohrt hat. „Für den Baum, hat er gesagt", hat Karin geschluchzt. „Das wäre der einzige echte Weihnachtsschmuck. Total romantisch war das. Und am nächsten Tag hat er mir dann erklärt, dass er ausgerechnet über den Vierundzwanzigsten geschäftlich unterwegs ist.

Vielleicht sollte Jana doch nach Hause gehen. So, wie Henning Karin ansieht, ist doch jetzt alles klar, oder? Doch Jana bleibt. Verzehrt die Kekse, die nach Mandelaroma und ein wenig nach Tabak schmecken. Verfolgt, wie sich Karin verabschiedet, wie Henning die Auslagen eines Standes mit Modeschmuck durchsieht. Jana mag keinen Modeschmuck, aber der Anblick, wie er Stück für Stück betrachtet, einzelne Teile sorgsam in die Hand nimmt und dann ein Teil und Geschenkpapier auswählt, hat etwas Rührendes. Als er sich den Plakaten vor dem Filmmuseum zuwendet, macht sich Jana auf den Weg. Sie überquert eine Straße, lässt sich vom Strom der Menge mitschwemmen und schließlich an einer Seitenstraße ausspucken. Die Bewohner der Luxusappartements, die die Straße säumen, scheinen alle noch auf Shopping-Tour oder in ihren Büros zu sein. Aus dunklen Fenstern glänzen zeituhrgesteuerte Lichter. Keine Bögen, wie sie anderswo jedes dritte Fenster schmücken, seit Aldi und Lidl sie im Angebot hatten. Hier dominieren kunstvoll drapierte Stoffbahnen, übersät mit Netzen aus winzigen Birnen, dazwischen Ketten aus beleuchteten Elchen und Weihnachtsmännern. Eine mehrspurige Straße kreuzt Janas Weg, zerschnitten von einem Streifen städtischen Grüns. Es ist kälter geworden. In der schützenden Hülle der Einkaufspassagen ist es Jana völlig entgangen, dass es zwischendurch geschneit hat. Der Grashügel in der Mitte der Straße ist mit einer dünnen Schicht Weiß bedeckt. Kinder, Gott weiß woher sie in dieser Steinwüste kommen, rutschen ihn auf Plastiktüten herunter. Ein harmloses, fröhliches Bild. Die Verwüstungen, die sie anrichten, werden erst später zu sehen sein, wenn der Schnee wieder abgetaut ist. Trotzdem besser als der Anblick eines einsamen, lang gestreckten Berges Erde, bedeckt von Schnee, wie von einem Leichentuch.

„Unter solchen Hügeln wurden Wikinger begraben“, denkt Jana. Sie schiebt die Hände tiefer in die Manteltasche. Ihre Finger treffen auf einen kleinen Karton. Ohne es richtig zu bemerken, bohrt sie die Fingerspitzen unter den Rand. Die

Seife in dem Karton ist fest und rund. Ein wenig davon bleibt unter ihren Nägeln hängen. Sie riecht daran. Herb, würzig. Es ist jetzt fast sieben Uhr. Jana fragt sich, ob ihr Freund die Verabredung einhalten wird.

Sie überquert die Straße, ignoriert das Hupen eines Smartfahrers, der dafür in die Bremsen gehen muss. Hier, wo der Hügel wie mit einem Messer eingeschnitten ist, um Fußgänger auf die andere Straßenseite zu lassen, hat man riesige Wippen aufgestellt. Zwanzig Meter lang strecken sie sich vor Jana in die Nacht wie gigantische, urzeitliche Tiere, schwarze runde Schlangen mit hochgereckten Köpfen, in der Kälte erstarrt. Mit ihrem hochstehenden Ende erreichen sie fast Janas Brüste.

Dann ist er plötzlich da. Hüllt sie ein in seinen warmen Duft. Füllt ihren Mund mit Pfefferminzgeschmack, als er sie küsst. Beschwert sich liebevoll, dass sie erst so spät Zeit für ihn hat.

Sie lächelt ihn an. Er sieht gut aus in seinem Mantel, mit dem Anzug darunter und den neuen Lederschuhen, die sie ihm geschenkt hat, weil sie Weihnachten nicht abwarten konnte. „Und du?“, fragt sie.

„Bis in letzter Minute am PC“, sagt er. „Ich dachte schon, ich schaffe es nicht mehr. Unsere Gesellschaft hat einfach kein Verständnis für Weihnachtsjunkies.“

„Bürohengst“, flüstert Jana. Es klingt ein wenig rau. Sie umklammert das Päckchen in der Manteltasche. Hebelt den Deckel der Schachtel ab. Dreht die Seife darin hin und her. Lässt sie in der Hand rotieren. Wie ein Rad. Ein Schicksalsrad.

„Bürohengst?“ Er lacht. Er erkennt die Herausforderung. Ein altes Spiel zwischen ihnen. Immer wieder muss er sich beweisen, ihr zeigen, wie geschickt, wie stark er ist. Ein ganzer Kerl. Ein echter Mann.

„Kraftlos. Ohne jeden Sinn für Gleichgewicht." Sie schaut ihn abwartend an. Lächelt. Reizt ihn. Winkt mit den Augen zu der Wippe hin.

Er schnaubt. „Unsinn." Ohne Janas Antwort abzuwarten, beginnt er den Schnee von der Wippe zu fegen. Als er in der Mitte angekommen ist, läuft sie an ihm vorbei, zum anderen Ende, die Hand noch immer geballt. Sie zieht sie aus der Tasche und beginnt, über die Wippe zu reiben. Die Wippe ist lang. Er sieht nicht wirklich, was sie tut. Sieht nur, wie der Schnee in hohem Bogen von der Wippe fliegt und nicht wie ihre Fäuste über das Metall reiben. Als sie sich in der Mitte treffen, schaut sie ihm fest in die Augen. „Sage, dass du mich liebst."

Er lacht nur, küsst sie noch einmal, schlendert an sein Ende der Wippe zurück und drückt es auf den Boden. Dann setzt er die Füße auf das Metall.

Janas Schluchzen erstickt in dem Pelzkragen der Passantin, die sie fest in ihrem Arm hält und sich bemüht, ihr Gesicht von den Wippen fortzudrehen. Der Krankenwagen ist schon weggefahren. Der Polizeiwagen steht noch mitten auf dem Übergang. Ein junger Polizist tritt von einem Fuß auf den anderen und kämpft augenscheinlich mit dem Problem, dass die Dienstvorschrift jetzt eine Mütze verlangt, der Anstand sie aber verbietet. Der Anstand siegt. Den Rand der Mütze fest umklammernd tritt er zu Jana.

„Genickbruch", sagt er und schiebt schnell ein „Herzliches Beileid" hinterher. „Irgendjemand muss es witzig gefunden haben, die Stangen mit Seife zu bearbeiten. Höllisch glatt. Konnte ja nicht wissen, dass jemand mit Ledersohlen versucht, darauf zu laufen." Er zuckt mit den Schultern, als wollte er sich entschuldigen.

Sie starrt ihn an. Wo Tränen über ihr Gesicht gelaufen sind, fräst der Wind Rillen hinein.

Es hat wieder eingesetzt zu schneien, dicke, nasse Flocken. Der Polizist setzt nun doch seine Mütze auf. „Sie kommen zurecht? Möchten Sie nach Hause? Wir können das Protokoll auch morgen machen."

„Ich möchte backen", antwortet Jana und denkt an den Teig, der seit gestern im Kühlschrank ruht. Plötzlich erscheint ihr das wichtiger als alles andere. Sie wird den Teig ausrollen und bearbeiten, ganz, wie in den vergangenen, wundervollen zwei Jahren und vielleicht wird sie eine Weile glauben können, dass sich nichts geändert hat.

Der Polizist zögert. „Soll ich einen Notfallbegleiter anrufen?"

Ein Lachen steigt in Janas Kehle und verwandelt sich in ein Schluchzen, bevor es nach draußen dringt. „Nein. Ich möchte backen. Kekse. Den einzigen, wahren Baumschmuck. Das hat Henning immer mit mir gemacht. Dabei sieht er doch gar nicht danach aus, nicht wahr?"

Anja Feldmann

Tod auf der ganzen Linie

Denise treten Schweißperlen auf die Stirn. Draußen sind es bestimmt dreizehn Grad Minus. Die Tür des Zuges steht weit offen und die Dunkelheit rauscht an ihr vorüber, von einigen Lichtflecken durchsetzt. Vier Augenpaare verfolgen gespannt, wie sie sich im Schneckentempo der Tür nähert. Im Sommer hätte sie sich niemals träumen lassen, hier zu stehen. Alles war gut. Alles war besser als das hier. Keinen Schritt will sie weitergehen, nicht einen, aber sie kann unmöglich einen Rückzieher machen, muss ihr Gesicht wahren. Im Sommer hat sie das noch nicht nötig gehabt. Vier Augenpaare beobachten, wie ihre dunkelblauen Wildlederhandschuhe nach den Außentürgriffen tasten, sie finden, ergreifen. Die eiskalte Luft zieht sie fast wie eine Saugglocke hinaus, doch ihre Handschuhe sind Markenware, saugen sich fest. Denise rinnt der Schweiß den Rücken hinunter, sie erinnert sich an Ronnies Worte. „Wenn de Halt jefunden hast, musste dir mit deine Latschen abstoßen und die dann jegen die Tür drücken."

Jetzt hängt sie draußen. Ihr ist schrecklich heiß, doch ihre Wangen erfrieren im schneidenden Fahrtwind.

„Da kommt schon Angst uff, aba jenau darum jeht's ja." Ronnies Prophezeiung hat sich bewahrheitet, wie noch nichts in ihrem Leben zuvor, aber nun lacht sie, kreischt. Die Angst schlägt um in Hysterie. Sie hat es bald geschafft. Ist nicht mehr weit bis Ostkreuz. Doch etwas geschieht plötzlich. Die knapp 70 Stundenkilometer des Zuges werden so jäh gestoppt, dass die Angst keine Gelegenheit hat zurückzukehren. Denise verliert den Halt. Hässlich quietschende Bremsen begleiten ihren Flug bis zum Aufprall.

Kurt Raschke hatte ein Wochenenddienst bisher nie viel ausgemacht. Doch als er hört, was auf der S-Bahn-Strecke der Linie 7 geschehen ist, flucht er wie ein Kesselflicker. Jetzt quält er sich schwerfällig über das holperige Gleisbett. Über die Jahre ist er doch ein wenig auseinandergegangen, und die vielen Kekse in der Adventszeit tun ihr Übriges. Günter, sein langjähriger Kollege, der schon in der Nähe des Unglücksortes gewesen ist, erwartet ihn neben dem gestrandeten Blechhaufen und hält ihm zur Begrüßung einen Schülerausweis entgegen. Im Lichtschein seiner Taschenlampe schaut Kurt auf das Foto ei-nes hübschen, blonden Mädchens, das den Beschützerinstinkt eines jeden Mannes wecken würde. Denise Deiniger, 15 Jahre alt. DD, wie Doris Day, denkt Kurt. Er liebt Doris-Day-Filme, na ja, wenn er ehrlich ist, guckt er sie eher wegen der männlichen Filmpartner, um die er die Day beneidet.

„Sybelstraße 15. Is dit nich in Charlottenburg?“

„Möglich.“

„Wat is’n mit dem Zugführer?“

„Unbrauchbar. Labat Müll.“

„Schock.“ Kurt nickt verständnisvoll. Wäre nicht der Erste, der nach einem solchen Vorfall aus dem Dienst scheidet. Währenddessen hat Günter seinen unwilligen Kollegen zu dem beklagenswerten Opfer geführt. Beim besten Willen gelingt es Kurt nicht, das anmutige Mädchen auf dem Foto in der ramponierten Leiche am Rande der Gleise wiederzuerkennen.

„Een Jammer“, knurrt er, „jibt et eijentlich keene anderen Hobbys? Müssen diese Jör’n sich wie Affen annen fahrenden Zug hängen? Wat is mit schön zu Hause vor’m Computer?“

„Schlecht für die Oogen."

Für diese Bemerkung erntet Günter einen bösen Blick von Kurt. Eine junge Notärztin nähert sich mit einem gekrümmt gehenden Mann unter dem Arm, den die Beamten für den Zugführer halten.

„Das hier dürfte Sie interessieren!", ruft sie ihnen entgegen.

„Wat'n?", fragt Kurt genervt, als die zwei ihn erreicht haben. Die Notärztin schaut dramatisch den Zugführer an und spitzt die Lippen, als wolle sie ihm soufflieren. Das Reden bereitet ihm Mühe. „Jemand, jemand hat die Notbremse jezogen. Dann – hab ick se fliejen seh'n. Ja, wat hätt ick'n machen solln?"

Peggy zittert immer noch am ganzen Leib. Ihr kommt es vor, als wären sie zehn Stunden gerannt. Die anderen reden permanent auf sie ein, doch der Sinn ihrer Worte dringt nicht zu ihr durch. Sie kann dieses Bild einfach nicht loswerden, als hätte man es ihr vor die Augen genagelt. Denise, wie sie fliegt, Denise, wie sie neben dem Gleisbett liegen bleibt. Peggy schwirrt alles im Kopf herum. Ach ja, die Notbremse. Es ist ihre Schuld. Sie schlägt die Hände vor das Gesicht, heult. Die anderen schreien durcheinander, hier im dunklen Park. Die Weihnachtsbeleuchtung lacht ihnen höhnisch entgegen, schreit: Mörder!

Johannes Diez, Hauptkommissar der fünften Mordkommission des LKA Berlin, streicht sich müde die schwarze Haarsträhne aus den Augen. Zunächst ist er ziemlich irritiert darüber gewesen, dass man ihn wegen des Unfalls einer S-Bahn-Surferin von seiner Weihnachtsfeier weggeholt hat, doch er kennt Kurt schließlich lange genug, um zu wissen, dass er keinen Wind um nichts macht. Der Polizist hat gemeinsam mit seinem Vater die Polizeischule absolviert, und obwohl sie später in verschiedenen Bezirken der Stadt arbeiteten, ist der 64-Jährige als Johannes' Patenonkel auch nach dem frühen Tod des Vaters stets ein Mitglied der Familie geblieben.

„Hat die Spurensicherung wat Brauchbaret jefunden?", fragt Kurt, in der einen Hand zwei Becher dampfenden Kaffee, in der anderen einen Pappteller mit selbst gebackenen Plätzchen. Johannes lockert seine Seidenkrawatte. „Versuch mal, aus Hunderten von Fingerabdrücken verschiedener Abteile die passenden herauszufiltern."

„Ick schwör dir, die war nie im Leben alleen unterwechs."

„Und ihre Begleitung hat sie dann mit einem Handgriff hopsgehen lassen, also ich weiß nicht." Johannes öffnet den obersten Knopf seines blütenweißen Hemdes.

„Dat aber ooch keena wat jesehen hat, dit jibs doch ja nich."

„Na ja, ein Mistkerl zieht die Notbremse, alle purzeln durcheinander und bevor sie so richtig begreifen, was passiert ist, ist derjenige schon über alle Berge. Der Zugführer ist sich leider auch absolut sicher, dass das Mädchen erst gefallen ist, nachdem die Bremse gezogen wurde und nicht vorher. Und deshalb verpasse ich jetzt ein Fünf-Gänge-Menü."

Kurt tätschelt ihm mit seiner kräftigen Hand die Schulter. „Die Befragungen loofen ja noch. Dit jibt also noch Hoffnung."

„Das Beste hab ich dir noch gar nicht erzählt."

Kurt blickt erwartungsvoll in die rabenschwarzen Augen des jungen Kommissars.

„Deininger. Klingelt da nichts bei dir?"

„Na, so heißt dit arme Mädchen, wieso?"

„Polizeipräsident Deiniger. Ist ihr Onkel."

Jetzt bleibt Kurt sein Keks im Halse stecken. Daran hat er überhaupt nicht gedacht.

„Na denn, frohet Fest“, krächzt er.

Denises Eltern hocken mit hängenden Schultern auf dem picobello restaurierten Louis-Seize-Sofa, voller Trauer, hoffnungsleer. Ein überdimensionaler Adventskranz hängt von der Decke über dem Kirschbaumtisch mit aufwendigen Intarsienarbeiten, auf den Johannes kaum sein Wasserglas abzustellen wagt. Herr Deiniger ist aus beruflichen Gründen von Dresden nach Berlin gezogen. Erst nach den Sommerferien hatte er Frau und Tochter nachkommen lassen.

„Denise hat sich mit Händen und Füßen gesträubt“, schluchzt die Mutter. „Wochenlang hat sie nicht mit uns gesprochen.“

„Sie meinen, sie wollte durch das S-Bahn-Surfen gegen Sie und Ihren Mann rebellieren?“ Johannes legt ein gefaltetes Taschentuch auf den Tisch und stellt erleichtert sein Glas darauf ab.

„Unsinn“, poltert der Vater, „daran ist nur dieser Junge Schuld, er ist einfach kein Umgang für Denise.“

Johannes zieht fragend die rechte Augenbraue hoch.

„Paul“, erklärt die Mutter schniefend, „ist aus Marzahn oder so. Denise blühte durch ihn wieder richtig auf.“

„Ihr Freund? Wie hat Denise ihn kennen gelernt?“

„Paul will das Abitur machen“, schnaubt Denises Vater verächtlich, „als ob so einer das je schaffen würde.“

Johannes ignoriert seinen diskriminierenden Ton. „Er ist auf derselben Schule wie Ihre Tochter?“ Langsam wird es für ihn interessant.

„Du wolltest sie doch loswerden! Dit haste ja jetzt jeschafft.“ Der 14-jährige Steve brüllt Peggy die Worte entgegen, dass sie zusammenfährt. Erneut schießen ihr die Tränen in die Augen. „Aber sie war meine Freundin!“

„Sie hat sowieso nich zu uns jepasst, die etepetete Tussi.“ Marvin, mit 18 Jahren der Älteste von ihnen, zieht seine Zigaretten aus der abgewetzten Lederjacke und bietet Peggy eine an.

„Wie kannste so wat sagen?“ Ronnies Augen glühen voller Gift unter seinen roten, lockigen Haaren: „Ick hab se jemocht.“

„Ick ooch“, hustet Peggy nach dem Zug von der Zigarette.

„Heuchlerin!“

„Wat hackt’n ihr jetzt alle uff mir rum?“

„Jemand muss an de Scheißbremse rumjefummelt haben.“

„Wat’n, icke?“

„Wer’n sonst?“

Die alte Dame richtet sich vorsichtig zum Frühstück auf. Obwohl sie leichten Hunger verspürt, greift sie zunächst nach der Sonntagsausgabe der Morgenpost, die die Schwester freundlicherweise auf ihr Bitten hin gebracht hatte. Liebgewonnene Gewohnheiten sollte man sich erhalten, vor allem in hässlichen Krankenhäusern. Sie spürt wieder den hämmernden Schmerz in ihrem Kopf, den das Schleudertrauma verursacht.

Ihr Leben lang fuhr sie nun mit der S-Bahn, und das sind immerhin 82 Jahre, doch so etwas wie am gestrigen Abend war ihr noch nie untergekommen. Leicht wie eine Hühnerfeder war sie vom Sitz geglitten, so schnell hatte sie sich gar nicht festhalten können. Natürlich wollte sie nach Hause, aber die Notärztin bestand darauf, sie eine Nacht zur Beobachtung im Krankenhaus zu behalten.

Mit zittriger Hand trinkt sie einen Schluck vom lauwarmen Kaffee, der erwartungsgemäß schlecht schmeckt, dann lässt sie ihren Blick über die Überschriften des Tages wandern. Auf Seite drei fällt ihr eine ins Auge, die sie stocken lässt. Ein kurzer Artikel, der schnell gelesen ist, ein Artikel, der sie erschreckt. Wenig später wandert ihr Finger Richtung Klingel. Der Appetit war ihr gründlich vergangen.

Johannes rauft sich frustriert die Haare. Irgendwie hat er sich von Pauls Vernehmung mehr erhofft. Es war schwierig genug, den Jungen ausfindig zu machen. Wenn man versucht, an einem vorweihnachtlichen Sonntagmorgen einen Schuldirektor an die Strippe zu kriegen, kann man nur froh sein, wenn man einen Joker wie Kurt in der Hinterhand hat. Seine Tratschbekanntschaften sind nämlich Gold wert. In kürzester Zeit hat er den Direktor aus der Kirche heraus, in die Schule hinein und die Adresse des Gesuchten in seine Tasche geredet. Paul Ahrens ist 17 Jahre, wohnt in einer Pflegefamilie, weil er mit den Eltern nicht mehr klargekommen ist oder umgekehrt. Jedenfalls scheint er sich gut angepasst und in der Schule keine Probleme zu haben. Der arme Junge weiß von nichts und ist sichtlich geschockt, als er vom Tod seiner Freundin erfährt. Das Problem an der Sache ist jedoch, dass er kein Alibi hat. Nach eigenen Angaben war er zu Hause, hat gelernt, allein. Warum hätte der Junge auch seine Freundin ermorden sollen, die zwei schienen doch glücklich? Nach Johannes Einschätzung jedenfalls ist seine Trauer echt. Auf die Frage nach möglichen Feinden oder Neidern von Denise stutzt er einen Moment und erzählt dann von Peggy, seiner Exfreundin, die sich nicht damit abfinden kann, dass er jetzt eine andere hat, aber seit einigen Wochen Denises beste Freundin ist.

Paul wartet erst gar nicht, bis sein Bruder zur Seite tritt, um ihn in die elterliche Wohnung zu lassen. Mit beiden Händen gibt er ihm einen heftigen Stoß, dass er rücklings zu Boden geht. Dann zieht er ihn mit voller Wucht wieder hoch und zerrt ihn in sein Zimmer. Die Eltern scheinen ausgeflogen zu sein.

„Denise ist tot!“, brüllt er Steve an, „Wat hat ausjerechnet sie draußen an diesem Scheißzug zu suchen? Dit war doch eure Idee!“

Steve ist klar, dass Paul ziemlich fertig sein muss, ist von der Heftigkeit seines Auftritts aber trotzdem überrascht. „Dit wollte die so. Ick hab noch versucht, die davon abzuhalten. Keene Chance. Wollte dich beeindrucken oder so.“

„Erzähl doch keenen Scheiß. So wat passt doch janich zu ihr.“

Steve zuckt ratlos mit den Schultern. „Wees ick ooch nich, wollte wat mit dir jemeinsam haben, so wat in der Art.“ An seiner Gesichtsfarbe kann Steve erkennen, wie Pauls Gemütszustand von Wut in Verzweiflung umschlägt. „Hat se dit jesacht?“, fragt er tonlos.

Sein Bruder nickt traurig. Paul wird es abwechselnd heiß und kalt. Das kann doch alles nicht wahr sein!

„Sehn Se denn nich, dat dit Mädchen völlig fertig is? Den janzen Tach hat se im Bett jelegen. Dit Jör is todkrank!“ Peggys Mutter platzt jetzt endgültig der Kragen. Klar, dass dieser piekfeine Schnösel von einem Kommissar sich die aus dem Brennpunkt herauspickt, wenn er sonst keine Verdächtigen hat. Ihre Tochter sitzt wie ein Häufchen Elend neben ihr und heult Rotz und Wasser. Bei Johannes macht sich so langsam der Schlafentzug bemerkbar. Wenn er nicht bald Ergebnisse vorzuweisen hat, kann er den Fall abgeben. Mit schwarzgeränderten Augen beugt er sich zu dem Mädchen über den Schreibtisch und versucht freundlich zu wirken. „Es tut mir sehr leid, dass ich dir diese ganzen Fragen stellen muss, aber wenn Denise, wie du sagst, deine Freundin war, warum hilfst du mir dann nicht und gibst zu, dass du gestern mit ihr in der S-Bahn warst?“

Noch bevor die Mutter Einspruch erheben kann, flüstert Peggy: „Ick hab doch nich jeahnt, dat so wat passiert.“

Die Erleichterung ist Johannes anzumerken. „Du warst so eifersüchtig auf deine Freundin, weil sie dir den Freund weggeschnappt hat, da hast du die Notbremse gezogen und zack …“

„Nee!“

„Du wolltest sie nicht töten, du wolltest ihr nur einen Schrecken einjagen.“

„Nein!“

„Du hast nicht ahnen können, dass sie gleich abrutscht und stirbt.“

„Dit is doch allet Quatsch. Ick hab dit nich jetan, ehrlich nich und ooch keena von den anderen.“

Johannes stutzt. „Welche anderen?“

„Na, die janze Bande eben. Ronnie, Steve und Marvin. Ick fühl ma beschissen, weil ick Denise nich davon abjehalten hab, aber die wollte dit unbedingt durchziehn, um dazuzujehören. So ’ne Art Mutprobe eben.“

Johannes sieht Peggy minutenlang an. Er glaubt ihr. Sie ist irgendwie nicht der Typ, der zu solchen Mitteln greift. Beleidigen, anzicken, vielleicht Intrigen spinnen, ja, aber Mord? Ihm entfährt ein hörbarer Seufzer. Die anderen wird er sich wohl auch noch vornehmen müssen.

Es klopft, Tom von der Zentrale steckt seinen Kopf durch die Tür und wedelt mit einem Zettel. „Das Evangelische Krankenhaus in Lichtenberg hat sich gemeldet, geht um eine Zeugenaussage im S-Bahn-Fall.“

Der Schnee fällt nun so dicht, dass er teilweise Mühe hat, etwas zu erkennen. Immer wieder muss er blinzeln, da dicke Flocken ihm in die Augen schießen. Sein Körper bebt unter der dünnen Lederjacke. In den Taschen ballen seine Hände sich zu Fäusten. Die Anspannung ist so groß, dass er kaum zu atmen wagt. Die Schneeschicht auf dem Bahnsteig ist bestimmt schon zwei Zentimeter dick. Hoffentlich fahren die Züge überhaupt noch. Er will das unbedingt heute erledigen, alle sollen mal endlich sehen, wer hier der Boss ist. Trotz der tanzenden, weißen Punkte sieht er ihn. ‚Trainrider' prangt in großen gelben Lettern hinten auf seiner schwarzen Jacke. Er ist nicht allein. Ein Typ mit einer Kamera begleitet ihn. Er schnaubt verächtlich, die Videos aus dem Internet sind ihm bekannt. Zu oft schon hat der sich hier in seinem Revier wichtig gemacht, heute wird er dafür bezahlen.

Am Montagnachmittag ist Johannes froh, den Weihnachtsmarkt bei dem heftigen Schneetreiben überhaupt erreicht zu haben. Von Weitem sieht er Kurt und Fritz schon winken, mit einem Glühwein bewaffnet. Im Hintergrund leuchtet das Schloss Charlottenburg anheimelnd in einer lila Lichtillumination. Trotzdem will sich bei Johannes absolut keine Weihnachtsstimmung einstellen. Dafür ist zu viel Unerfreuliches geschehen. Zunächst hat er am gestrigen Abend diese alte Dame in ihrer Wohnung besucht. Sie erzählte ihm von ihrem Nachbarn, Herrn Köhler, mit dem sie am Samstag in der Linie 7 gesessen hatte. Wie er darauf gekommen war, wusste sie auch nicht, doch fing er während der Fahrt an, ziemlich vehement gegen S-Bahn-Surfer zu wettern. Sie konnte sich erinnern, dass er kurz vor der Bremsattacke seinen Platz neben ihr verlassen hatte. Johannes fand es vor allem merkwürdig, dass kein Wilhelm Köhler auf der Zeugen- und Insassenliste stand. Wo also ist er an dem Abend abgeblieben? Um das herauszufinden, klingelte er Herrn Köhler eine Etage tiefer von der Tagesschau weg, was ihm derbe Beschimpfungen einbrachte. Um wenigstens einen Erfolg verbuchen zu können, nahm er den Giftzwerg mit auf das Revier. Außer irgendwelchen Naziparolen war aus dem Mann nichts herauszuholen. Also wurde beschlossen, ihn erst einmal dazubehalten. Mit sich selbst zufrieden, da er jetzt endlich einen Verdächtigen präsentieren konnte, ging Johannes völlig geschafft gegen 21 Uhr schlafen. Um 22.25 Uhr befand er sich schon wieder auf einer verschneiten S-Bahn-Strecke, wo er sein zweites Opfer untersuchte, den 22-jährigen Mechatroniker Sven Jürgens. Es war nicht allein der Tod dieses armen Jungen, der Johannes bedrückte, auch sein Verdächtiger war somit schon wieder entlastet. Heute morgen musste er sich also als Blitzableiter für die obere Etage zur Verfügung stellen, und jetzt braucht er erst einmal einen ordentlichen Glühwein mit Schuss.

„Du siehst ziemlich mitjenommen aus, Kolleje“, stellt Kurt fest, „wat is dir denn über die Leber jeloofen?“

Johannes setzt die Tasse ab, und das Schloss erscheint jetzt in Gelb statt in Lila, was aber mit dem Alkohol nichts zu tun hat. Er gibt Kurt und seinem Lebensgefährten Fritz, vor dem einfach niemand Geheimnisse haben kann, einen kurzen Abriss über den Ermittlungsstand, was ihm viel Mitleid einbringt. Nach einer Weile sagt Fritz: „Haste denn im Ernst ’nem Rentner so wat Brutalet zujetraut? Ick meen ja bloß, ’n junget Mädchen abzumurksen is ja nich ohne.“

Johannes stürzt den Rest seines Glühweins hinunter und fühlt sich gleich besser. „Ich tappe nun mal gerade im Dunkeln und er hatte kein Alibi.“

„Hört euch dit an“, flötet Fritz und schlägt theatralisch die schmalen Hände vor das Gesicht, „im Dunkeln tappt er, und dit trotz der janzen Lichterketten und dem janzen Pipapo hier.“

Die drei lachen und ordern eine neue Runde. Nach ein paar lustigen Geschichten aus Fritz’ Frisörstübchen kommt Kurt noch einmal auf den Fall zurück. „Sach ma, dit zweete Opfer ist doch zwischen Heerstraße und Olympiastadion jefunden worden?“

„Er ist mit der 3 Richtung Spandau gefahren“, nickt Johannes, „wieso?“

„Ick meen ja bloß“, fährt der Polizist fort, „dit is quasi dieselbe Strecke wie beim ersten Mord.“

„Nur in die andere Richtung“, ergänzt Fritz.

„Die 75 jeht sojar janz durch bis Spandau.“

„Na und?“, fragt Johannes belustigt, „Kann Zufall sein. Bringt uns das irgendwie weiter?“

„Zufällig“, betont Kurt und macht eine ausladende Handbewegung, „liegt aber ooch Charlottenburg uff dieser Strecke und da wohnen Opfer Nummer eins und ihr Freund.“

„Du verdächtigst Paul?“

„Hat er ein Alibi?“

„Nein, aber ich habe gesehen, wie fertig er war wegen seiner Freundin.“ Johannes streicht sich unsicher mit der Hand durch das glatte Haar, vielleicht hat er einen Fehler gemacht.

„Erinnerste dir an den toten S-Bahn-Surfer vor vier Wochen?“, fragt Kurt jetzt. „Wir haben die Sache als Unfall behandelt, aber wenn ick jetzt so drüber nachdenke …“

Alarmiert schaut Johannes den alten Freund an. „Du glaubst, es gab noch andere Opfer in dem Fall?“

„Er is kurz hinter der Haltestelle Tiergarten jefunden worden. Un dit liegt ooch uff unserer Strecke.“

Mit düsterem Blick schaut er auf den Bildschirm. In seinem kleinen Demofilm kündigt ‚Dark Spider' sein Vorhaben bis ins kleinste Detail an. Armer Irrer. Einen Backride plant er also. Er schnaubt verächtlich. „Wo ist denn da das Risiko? Doch einen Versuch ist es wert. Dienstag, 22.00 Uhr Ostbahnhof. Ich werde da sein."

Samstag, 29. Oktober: 17-Jähriger zwischen Jannowitzbrücke und Alexanderplatz.

27. November, erster Adventssonntag: 15-Jähriger zwischen Friedrichstraße und Bellevue. Beide surften mit der Linie 7. Kurt hat es ihm soeben per Telefon durchgegeben. Bei vierzig Todesfällen pro Jahr fallen ein paar absichtliche Tötungen kaum auf, auch bei Denise dachte man zuerst an einen Unfall. Vier Opfer, bei allen wurde der Zug durch die Handbremse angehalten, alle starben auf derselben S-Bahn-Strecke. „Wo zum Teufel", denkt Johannes, „ist da das Motiv?"

Steve hat Peggy verraten, was Paul bei seinem letzten Besuch losgelassen hat. Es macht ihr Angst, da kann sie noch so verknallt sein. „Lasst jefälligst die Finga von meena Strecke, verstanden, die jehört mir", hätte er zu Steve gesagt und ihn dabei so bissig angesehen wie ein wildes Tier, das sein Revier verteidigt. Sie fährt nach der Schule gleich zu ihm, keine Sekunde wird sie ihn mehr aus den Augen lassen.

„Mein Bruder is keen Mörder, Herr Kommissar!" Steve ist völlig außer sich. Ronnie kommt ihm zu Hilfe. „Der is doch jetzt unter die Streber jejangen, der macht so wat nich."

„Sagt mir einfach, wo Paul steckt." Johannes hat langsam die Nase voll, jeder will hier jeden decken. „Ihr könnt ihm nur helfen, wenn ihr mir sagt, wo er ist."

Steve ist erschöpft, seit über einer Stunde hackt der Bulle auf ihnen herum. Mit hängenden Schultern setzt er sich an seinen PC, und mit ein paar geschickten Klicks ruft er eine Seite im Internet auf. „Dit is Pauls Seite", erklärt er, „da zeigt er allet, wat er so vorhat."

„Dark Spider?", fragt Johannes zweifelnd und Steve grinst. „Letztet Jahr war er noch anders druff."

Peggy steht fröstelnd mit vielleicht fünfzehn anderen auf dem Bahnsteig. Vor ein paar Stunden hat es wieder angefangen zu schneien. Noch steht die 7 auf der Anzeige, doch sie betet, dass sie nicht kommt. Paul sitzt auf der Bank, hält eine Kamera in der Hand. „Bitte, mach keine Dummheiten", denkt sie ängstlich. Überlegt, ob sie ihn ansprechen soll. In diesem Moment erlischt die Anzeige, was ein allgemeines Stöhnen und Schimpfen auf dem Bahnsteig auslöst. Auch Paul springt auf. Aus dem Augenwinkel sieht Peggy, wie sich eine dunkle Gestalt aus einer Gruppe herauslöst und in Pauls Richtung stürzt. Hochgewachsen, schlaksig, die Mütze tief ins Gesicht gezogen, den Schal bis über die Nase. Peggy stutzt. Diese Lederjacke würde sie unter tausend anderen wiedererkennen.

Schon Viertel nach zehn. Johannes flucht, der Schnee sabotiert seine Strategie. Hoffnung flammt auf, als er über Funk hört, dass die 7 ausgefallen ist. Als er mit ein paar Männern die Stufen hochhechtet, ist der Bahnsteig wie leergefegt. Weiter hinten bewegt sich etwas. Es schneit so stark, dass eine klare Sicht unmöglich ist. Jemand ruft. Niemand wagt einen Mucks. Jetzt ist die Stimme klar verständlich, voller Angst und Verzweiflung. „Macht jefälligst hinne, Paul is in Jefahr!" Alle rennen sie auf die Stimme zu, sehen Peggy, angebunden an eine Bank. Mit tränenerfülltem Blick schaut sie die Beamten an. „Er hat ’n Messa, er wird ihn umbringen!“

„Wer?“, fragt Johannes nur.

„Marvin.“

„Hast du eine Ahnung, wohin er mit Paul will?“

Peggy zuckt entmutigt mit den Schultern. „Er hat nur so wat jesacht, von wejen dat dat heute sein Unterjang wird.“

„Gebt sofort eine Fahndung heraus“, weist Johannes die Kollegen hinter sich an, „nach Paul Ahrens und Marvin Caspers.“

„Unterjang?“, meldet sich Kurt aus dem Hintergrund. „Vielleicht sind se zur Spree runter. Die Schillingbrücke is janz in der Nähe.“

Marvin hat Paul mit dem Rücken an das Geländer gedrückt. „Du denkst, du kannst allet haben, wa, aber nich mit mir. Peggy jehört mir, und die Strecke, auf der du seit Monaten surfst, jehört mir ooch. Dit mit Denise tut mir leid, aber es hat jerade keena jekuckt. Und die janze Chose hat dir so fertig jemacht, dass de nich mehr leben willst.“ Mit dem hämischen Grinsen eines Wahnsinnigen setzt er Paul das Messer an den Hals. „Also hopp, runter mit dir.“

„Biste irre?“, schreit Paul voller Panik, „Weeste wie kalt dit Wassa is? Wenn ick da runterspring, bin ick tot.“

Wortlos bohrt Marvin die Klinge schärfer in Pauls Hals. Sein kalter Blick ist starr auf seinen Rivalen gerichtet. Dabei sieht er nicht die Autos, die beide Enden der Brücke sperren, er sieht nicht die beiden Männer, die langsam, fast lautlos auf ihn zugehen. Erst als er die Erleichterung in Pauls Augen aufflackern sieht, erkennt er, dass es zu spät ist.

Die Autorinnen und Autoren

Blutperlen
Sandra Roszewski, geboren 1978. Geisteswissenschaftliches Studium in München. Lebt und arbeitet heute als Heilpraktikerin und Texterin in Berlin.

Gier
Regine Röder-Ensikat, in Aschersleben/Harz geboren, Studium Werbeökonomie in Berlin. Danach tätig als Texterin, Malerin, Autorin. Mitglied der Mörderischen Schwestern Berlin.

Schnee im Grunewald
Jürgen Rath ist Historiker in Hamburg und schreibt Sachbücher, Romane und Kurzgeschichten.

Einladung zum Weihnachtsdinner
Susanne Rüster studierte Jura und veröffentlichte nicht nur Kriminal-Storys. Sie ist Mitglied der Mörderischen Schwestern.

Oh du Wahnsinnige
Angela Hüsgen lebt in Berlin und hat zwei Kinder. Sie arbeitet als Sozialarbeiterin und Dozentin in der Erwachsenenbildung und ist Mitglied der Mörderischen Schwestern.

Das fotografische Gedächtnis
Inna Bykova-Maier wurde in Russland geboren, studierte Klassik, kam vor 18 Jahren nach Berlin, wo sie allmählich zu schreiben anfing.

Der Schlitzer

Reinhard Georg Starzner, Grafiker, veröffentlichte zahlreiche Kurzkrimis in Anthologien. 3. Platz Agatha-Christie-Preis 2007, 2. Platz KaroKrimiPreis 2009 in *Schneeflöckchen, Mordsglöckchen.*

Die Putzfrau

Claire Horst geboren 1978 in Frankfurt/Main. Studium der Neueren Deutschen Literatur, Philosophie und Englischen Philologie, tätig in der politischen Bildungsarbeit und als Autorin.

Auf der Kippe

Christiane Kleine, Jahrgang 1963, Diplomfinanzwirtin, lebt in Bielefeld, veröffentlichte zahlreiche Kurzgeschichten, mag Fahrräder, Katzen, Pferde, Kekse und natürlich Bücher.

Ein Mann, ein Mord

Markus Jerg, geboren 1962, lebt in Oberuzwil in der Schweiz. Er ist tätig als Sekundarlehrer und als Freizeitautor mit zahlreichen Veröffentlichungen.

Oh Tannengrau'n

Swenja Karsten ist überzeugte Wahlberlinerin und Drehbuchautorin und Mitglied der Mörderischen Schwestern.

Wie Rudolph seine rote Nase verlor

Sarah N. Masur ist Rechtsanwältin in Berlin, schreibt Sachbücher und Kurzkrimis und ist Mörderische Schwester.

Eiskalt
Evelyn Leip, geboren 1965, ist Soziologin, lebt in Italien und liebt ihre Familie, Bücher und ihren Garten.

Tod auf der ganzen Linie
Anja Feldmann wurde 1968 in Westfalen geboren; sie studierte Germanistik, Niederländisch und Kunst.

Noch mehr Weihnachtskrimis – in jeder guten Buchhandlung erhältlich:

Schneeflöckchen, Mordsglöckchen
Berliner Weihnachtskrimis

Schokoladig süß oder schmerzhaft schaurig, voller besinnlicher Träume oder tödlicher Illusionen, und gelegentlich alles auf einmal: so mancher wird seinen Weihnachtsmarktbesuch einmal unter einem ganz anderen Licht sehen!

ISBN 978-3-937881-09-6, 174 Seiten, 12 Euro

Still und starr ruht die Spree
Berliner Weihnachtskrimis

Weihnachten in Berlin ist nicht immer besinnlich: Die Feinschmeckeretage des KaDeWe fungiert als bösartiger Treffpunkt, das Klärwerk Spandau ist wahrlich keine feierliche gute Stube. – In den Häuserschluchten der Stadt herrscht alles andere als festlicher Taumel …

160 Seiten, 12 Euro, ISBN 978-3-937881-12-6

Böser die Glocken nie klingen
Berliner Weihnachtskrimis

Mit skurriler Phantasie und bösem Humor erzählen die Autorinnen und Autoren davon, was es bedeuten kann, mit seinen Liebsten Weihnachten zu feiern: das Familientreffen überleben nicht alle! – Und böse klingen die Glocken!

ISBN 978-3-937881-06-5, 160 Seiten, 14 Euro